MITCHELL SYMONS

Pinguine haben nur 2 Mal im Jahr Sex

Buch

Die Welt ist voller faszinierender Fakten und Statistiken, die uns immer wieder zum Staunen bringen. Dieses Buch taucht ein in die Welt der Zahlen und versammelt die abwegigsten, absurdesten, witzigsten und erstaunlichsten Informationen und Tatsachen, von denen noch nie jemand gehört hat.
Oder wussten Sie, dass man 36 Minuten lang herzhaft lachen muss, um die Kalorien einer handelsüblichen Salatgurke zu verbrennen? Dass wir ein Wimpernhärchen durchschnittlich fünf Monate lang tragen? Dass man aus einer einzigen Kuh 400 Hamburger machen kann? Oder dass jedem Menschen durchschnittlich 590 Meilen Haare in seinem Leben wachsen?

Autor

Mitchell Symons, 1957 in London geboren, studierte Jura, arbeitete beim Fernsehsender BBC, entwickelte zahlreiche Fernsehformate, war einer der Chef-Autoren des Brettspiels Trivial Pursuit und ist heute als Autor und freier Journalist tätig. Neben seinen erfolgreichen Büchern schreibt er eine preisgekrönte wöchentliche Kolumne im *Sunday Express*.

Mitchell Symons

Pinguine haben nur 2 Mal im Jahr Sex

Zahlen und Fakten, die niemand vergisst

Deutsch von Wolfgang Thon

blanvalet

Die Originalausgabe erschien 2013 unter dem Titel
»Numberland« bei Michael O'Mara Books Limited, London.

MIX
Papier aus verantwortungsvollen Quellen
FSC® C083411

Verlagsgruppe Random House FSC® N001967
Das FSC®-zertifizierte Papier *Holmen Book Cream* für dieses Buch
liefert Holmen Paper, Hallstavik, Schweden.

1. Auflage
Deutsche Erstausgabe März 2015 bei Blanvalet Verlag, München,
einem Unternehmen der Verlagsgruppe Random House GmbH

Umschlaggestaltung und -illustration: © Johannes Wiebel |
punchdesign, unter Verwendung von Motiven
von Shutterstock.com
Redakion: Lisa Bitzer
wr · Herstellung: cb
Satz: Uhl+Massopust, Aalen
Druck und Einband: GGP Media GmbH, Pößneck
Printed in Germany
ISBN: 978-3-442-38393-1

www.blanvalet.de

Inhalt

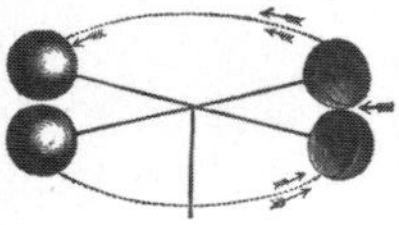

Einleitung

Pythagoras war der Überzeugung, dass Zahlen die Welt regieren – und er hatte recht. Sie sind überall, in allem, was uns umgibt: von der Anzahl der Milben in unseren Betten (eine erstaunliche Zahl – schlagen Sie einfach mal nach) bis hin zur Gesamtlänge aller Augenwimpern in Metern, die ein Mensch im Laufe seines Lebens verliert. Wir *denken* nicht oft über diese Zahlen nach, wenn wir es aber tun, sind wir überwältigt.

Zahlen haben mich schon immer fasziniert, und als ich anfing, Fakten aller Art zu sammeln, stellte ich bald fest, dass ich nicht mehr aufhören konnte. Diese kleinen Informationshäppchen können sehr spannend sein, und wenn man sie mit Zahlen verknüpft, werden die Tatsachen noch viel deutlicher. Wer weiß denn beispielsweise schon, dass man jedes Mal, wenn man an einer Briefmarke leckt, eine zehntel Kalorie zu sich nimmt? Oder dass das menschliche Herz bis zum 70. Lebensjahr 208.197.647,9 Liter Blut pumpt? Dass ein einziger Liter Öl eine Million Liter Trinkwasser ungenießbar machen kann? Oder dass die Adern im menschlichen Körper eine Gesamtlänge von 96.561 Kilometern haben?

In diesem Buch unternehme ich den Versuch, die Alltagswelt aus einem anderen Blickwinkel zu betrachten. Würden wir ab und zu innehalten, um uns der ganz gewöhnlichen Dinge bewusst zu werden, die wir täglich tun oder von denen wir ein Teil sind, dann wären wir bei einigen davon vermutlich ziemlich geschockt. Es sind Zahlen dieses Kalibers, die ich hier gesammelt habe. Der Bogen reicht vom Naturreich über die Musik, die Künste, den menschlichen Körper, über alles, was kreucht und fleucht, bis hin zu Liebe, Heirat und darüber hinaus. *Pinguine haben nur 2 Mal im Jahr Sex* ist ein Buch für alle, die sich für die Einzelheiten und Details des Lebens interessieren.

Ich hoffe, dieses Sammelsurium an Kuriositäten wird Sie genauso in seinen Bann ziehen wie mich.

Einmal um die Welt

0

Die Zahl der Flughäfen in Monaco. Der nächste ist im französischen Nizza.

0

Es gibt keinen Kontinent, der im Süden breiter ist als im Norden.

1

Zahl der Länder, die sowohl vom Äquator als auch vom südlichen Wendekreis geschnitten werden: Brasilien.

1

Bhutan ist das einzige Land der Welt, in dem offiziell das Glücksgefühl der Nation ermittelt wird.

1

Zahl der Länder des Nahen Ostens, in denen es keine Wüste gibt: Libanon.

1

Anzahl der Länder, deren Fahne nicht rechteckig ist: Nepal.

1

Nur eines der sieben Weltwunder existiert noch immer: die große Pyramide von Gizeh.

1

In nur einem Land der Welt, Neuseeland, kommen alle Klimazonen vor.

1

Zahl der Länder, auf deren Nationalflagge die Bibel abgebildet ist: die Dominikanische Republik.

1

Zahl der Städte, deren Namen mit ABC anfangen: die holländische Stadt Abcoude.

1

Zahl der Länder, die in Gänze mindestens 1.000 Meter über dem Meeresspiegel liegen: Lesotho.

1

Guyana ist das einzige englischsprachige Land Südamerikas.

1

Lediglich in Panama kann man die Sonne über dem Pazifik aufgehen und im Atlantik untergehen sehen.

1

Zahl der Länder mit einem Jaguarschutzgebiet: Belize.

1

Zahl der Unterwasserrestaurants weltweit. Befindet sich auf den Malediven.

1

Das Vereinigte Königreich ist das einzige Land, das seinen Namen nicht auf die Briefmarken schreibt. Die Briten haben 1840 die moderne Briefmarke erfunden. Sie sind von der Namenspflicht unter der Bedingung befreit, dass auf jeder Marke das Porträt des Monarchen abgebildet ist.

2

Zahl der Binnenländer weltweit, die ihrerseits vollständig von anderen Binnenländern umgeben sind: Liechtenstein und Usbekistan – sowohl die Schweiz und Österreich als auch Kasachstan, Kirgisistan, Tadschikistan, Afghanistan und Turkmenistan haben keinen Zugang zur See.

2

Die Zahl der Kontinente, über die sich Istanbul erstreckt: Europa und Asien.

2

Die Zahl der Länder, die an 3 Ozeane grenzen: USA und Kanada.

2

Anzahl kleinerer Erdbeben, die sich pro Minute irgendwo auf der Welt ereignen.

2

Die Zahl von Ländern, auf deren Flaggen Gewehre abgebildet sind: Mosambik und Guatemala.

2

Tausende von Sprachen werden auf der Welt gesprochen, aber die UNO schätzt, dass alle 2 Wochen eine Sprache verschwindet.

2

Zahl der Länder, deren Namen im Deutschen aus einer einzigen Silbe besteht: Tschad und Schweiz.

2,7

Nach einem Boykottaufruf der Opposition betrug die Wahlbeteiligung bei den Parlamentswahlen in Jamaika im Jahre 1983 nur 2,7 Prozent.

3

Prozentsatz der Deutschen, die fließend Französisch sprechen. Fast die Hälfte aller Deutschen kann auf diesem Niveau Englisch.

3

Der Pazifische Ozean ist der größte Ozean und 3-mal so groß wie Asien, der größte Kontinent.

3

Die Zahl internationaler Hauptstädte, deren Namen mit dem Buchstaben O beginnen: Ottawa/Kanada, Oslo/Norwegen und Ouagadougou/Burkina Faso.

3

Zahl der Einwohner pro Quadratkilometer in Kanada. In Deutschland wohnen 235 Menschen auf einem Quadratkilometer.

4

Mit der Menge an Treibstoff, die ein einziger Jumbojet tanken kann, könnte man mit einem Auto 4-mal die Welt umrunden.

4

Fast alle Ägypter (knapp weniger als 99 Prozent) leben auf etwa 4 Prozent des Landes – in der Nähe des Nils und seines Deltas.

4,2

So weit (in Kilometern gemessen) gräbt sich die tiefste Mine der Welt in die Erde: die Western Deep Levels Mine in der Nähe von Carletonville in Südafrika.

4,3

Zahl von Geburten weltweit pro Sekunde.

5

Gerade einmal 5 Prozent am weltweiten Gesamtvermögen besitzt die ärmere Hälfte der Weltbevölkerung.

5
Etagen einer Starbucks-Filiale in Südkorea.

5
Auf so viele unterschiedliche Weisen kann man auf Isländisch den Buchstaben »F« aussprechen.

5
Zahl der europäischen Länder, deren Grenzen nur ein einziges anderes Land berühren: Portugal, Dänemark, San Marino, Vatikanstadt und Monaco.

5
So viele Tage brauchen sämtliche aktiven Aufzüge des größten Liftanlagenherstellers der Otis-Fahrstuhlwerke, um so viele Menschen zu transportieren, dass ihre Zahl der Weltbevölkerung entspricht.

5,54
So viele Zentimeter Küste entfallen auf jeden Weltbürger.

6
Zahl der täglichen Sonnenstunden auf den Falklandinseln im Sommer. Im Winter gibt es nur 2 bis 3 Stunden pro Tag.

6
Das Verhältnis von Menschen zu Fernsehern beträgt, auf die Welt-

bevölkerung hochgerechnet, 6 zu 1.

7
Der durchschnittliche nordkoreanische 7-Jährige ist 7 Zentimeter kleiner als der durchschnittliche südkoreanische 7-Jährige.

7
Die Zahl unterschiedlicher Nachnamen auf der britischen Überseeinsel Tristan da Cunha.

7,18
Wenn die gesamte Landmasse der Welt gleichmäßig auf alle Menschen verteilt würde, bekäme jeder 7,18 Hektar Land.

8,2
Länge des größten Stalaktits der Welt in Metern, entdeckt in der Jeita-Grotte im Libanon.

9
Zahl der Worte in der Sprache der Salomoneninseln für die unterschiedlichen Reifegrade einer Kokosnuss.

10
Prozentsatz der Arbeiter in Ägypten, die jünger als 12 Jahre sind.

10
Prozentsatz der griechischen Inseln, die bewohnt sind.

10
Anzahl der Länder, an die Brasilien grenzt. Es sind alle Länder Südamerikas mit Ausnahme Chiles und Ecuadors.

10
Prozentualer Anteil der Landfläche Gabuns, die von Nationalparks eingenommen wird.

10
Prozentsatz der Menschen, die auf Inseln leben.

10
Der tiefste Briefkasten der Welt befindet sich 10 Meter unterhalb der Wasseroberfläche in der Susami-Bucht in Japan. Er wird von Tauchern benutzt und täglich von Postmitarbeitern geleert.

11
Zahl der offiziellen Amtssprachen in Südafrika.

12
Prozentsatz der Einwohner Luxemburgs mit portugiesischer Abstammung.

12
Prozentsatz der globalen Landfläche, die ständig von Eis und Schnee bedeckt ist.

13
Zahl der Länder mit einem Halbmond auf der Landesflagge.

13
Äthiopien ist als das »Land der 13 Monate Sonnenschein« berühmt. Das äthiopische Jahr basiert auf dem julianischen Kalender, der 12 Monate von jeweils 30 Tagen Länge und einen 13. Monat mit dem Namen Pagumen hat,

der 5 (in Schaltjahren auch 6) Tage dauert.

14
Zahl der Inseln, auf denen die schwedische Landeshauptstadt Stockholm erbaut ist.

15
Zahl der Länder, die an China grenzen.

15
In der Schweiz muss jeder Mann nach seinem 20. Geburtstag eine 15-wöchige Militärausbildung absolvieren.

16,09
Zahl der Kilometer, die sich die Niagarafälle in den letzten 10.000 Jahren stromaufwärts bewegt haben. Pro Jahr »bewegen« sich die Fälle dank der Abnutzung des Randes durch die Wassermassen etwa 50 Zentimeter.

18
Anzahl der Färöer Inseln.

20
Durchschnittliche Zahl von Wochenstunden, die Argentinier mit dem Hören von Radioprogrammen verbringen.

20
Hongkong hat die höchste Restaurantdichte weltweit mit einem Restaurant pro 20 Einwohner.

20
Prozentualer Anteil der Erdoberfläche, der ständig gefroren ist.

20
Prozentsatz aller Unfälle auf Schwedens Straßen, die mit Elchen zu tun haben.

20
So viele Minuten dauert der kürzeste Interkontinentalflug der Welt, von Gibraltar/Spanien nach Tanger/Marokko.

20
Zahl der Länder der Welt, in denen über die Hälfte der Einwohner Analphabeten sind.

20
Die Angel-Wasserfälle in Venezuela sind 20-mal höher als die Niagarafälle.

21
Niedrigste jemals in Brunei gemessene Temperatur in Grad Celsius.

23
Auf jeweils 23 Einwohner kommt in Japan ein Verkaufsautomat. Verkauft wird alles, über Getränke und Essen bis hin zu iPods.

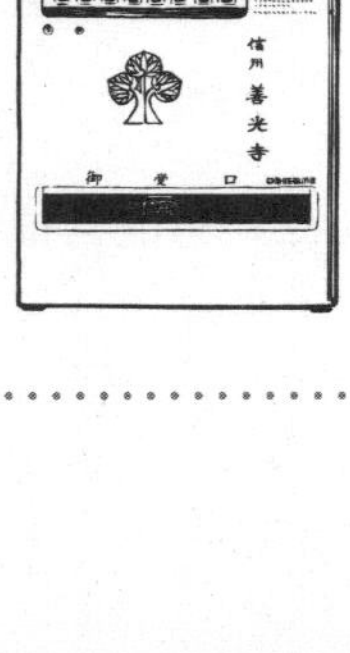

24
Durchschnittliche Dicke der Erdkruste in Kilometern.

25
Prozentsatz der Nahrung, die in den Industrieländern verschwendet wird. Sie wird weggeworfen.

27
Prozentualer Anteil von Strecken, die von Holländern mit dem Fahrrad zurückgelegt werden. In Großbritannien sind es nur 2 Prozent aller gefahrenen Strecken.

27
Obwohl Norwegen über 27-mal kleiner ist, ist seine Küste länger als die der USA.

28
Prozentsatz der Erdoberfläche, die vom Pazifischen Ozean bedeckt ist.

30
Anzahl der Menschen, die die Sprache Cambab beherrschen, die in Zentralkamerun gesprochen wird.

30
Prozentualer Anteil der chinesischen Erwachsenen, die noch bei ihren Eltern leben.

30
Prozentsatz der akademischen Abschlüsse in Indien, die in Ingenieurstudiengängen gemacht werden.

31
In Reutlingen liegt die Spreuerhofstraße, die an ihrer engsten Stelle nur 31 Zentimeter misst.

32
Luxemburg hat mehr Immigranten als jedes andere Land der Welt: 32 Prozent seiner Bevölkerung.

32
Die Zahl der Berggipfel in der Schweiz, die über 4.000 Meter hoch sind.

33,3
Mehr als ein Drittel aller Orangen auf der Welt wachsen in Brasilien, das auch der weltgrößte Produzent von Orangensaft ist. Trotzdem findet man nicht immer den Namen Brasiliens auf den Getränkekartons, weil Brasilien das Konzentrat in andere Länder exportiert, in denen der Saft dann als eigene Produktion deklariert wird.

35
Prozentsatz der Australier mit irischen Wurzeln.

37
Länge in Metern des D-Flusses in Lincoln City – des kürzesten Flusses der Welt.

38
Dieser prozentuale Anteil Nordamerikas ist Wildnis.

38
Die steilste Straße der Welt ist die Baldwin Street in Dunedin, Neuseeland, deren Steigung 38 Prozent beträgt.

46
Prozentualer Anteil der Wassermenge des Pazifischen Ozeans an der gesamten Wassermenge der Erde.

47
Anzahl unterschiedlicher Töne in der japanischen Sprache.

48
Zahl der Kilometer, die sich die Sahara alljährlich ausdehnt.

50
Die Hälfte des weltweit produzierten Korks stammt aus Portugal.

50
Prozentsatz der 15-Jährigen in Griechenland, die rauchen.

50
Prozentualer Anteil des zulässigen Jahresurlaubes, den ein japanischer Arbeiter im Durchschnitt tatsächlich nimmt.

50
Prozentsatz der Motorradunfälle, die am Wochenende geschehen.

51
Zahl der Autos, die in Amsterdam pro Jahr übers Ziel hinausschießen und in einer Gracht landen.

52
Die Schweiz hat die beste Recyclingrate der Welt. 52 Prozent des anfallenden Mülls werden recycelt.

58
Prozentsatz der Türken, die zugeben, eine außereheliche Affäre gehabt zu haben. Alle anderen Nationen in den Top 5 entstammen der nördlichen Hemisphäre.

59
So viele Liter Wein trinkt der gemeine Franzose im Jahr. Der durchschnittliche Russe vernichtet jährlich 90 Flaschen Wodka.

60
Zahl kaugummiproduzierender Firmen in der Türkei.

66
Prozentsatz der Gefangenen in Schweizer Haftanstalten, die nicht die Schweizer Staatsbürgerschaft haben.

70
Prozentsatz der Computervirus-Programmierer, die für das organisierte Verbrechen arbeiten.

70
In Bulgarien werden 70 Prozent des weltweit produzierten Rosenöls hergestellt, Bestandteil der teuersten Parfums. Man benötigt 2.000 Rosenblätter für ein einziges Gramm Rosenöl.

75
Prozentsatz aller Länder der Welt, die sich nördlich des Äquators befinden.

80
Prozentualer Anteil aller Opale weltweit, die in der australischen Stadt Coober Pedy geschürft werden.

81
Die Anzahl von Provinzen in der Türkei.

81,5
Prozentualer Anteil der Mietwohnungen in Estland, dem Land mit den meisten Mietwohnungen der Welt.

82
Prozentsatz aller Australier, die regelmäßig Glücksspiele spielen.

84
So viel Prozent Botswanas sind von der Kalahari-Wüste bedeckt.

85
Prozent aller Telefongespräche weltweit werden auf Englisch geführt.

85
Zahl der Buchstaben im Namen des Taumatawhakatangihangakoauauotamateaturipukakapikimaungahoronukupokaiwhenuakitanatahu-Hügels in der Hawke's Bay auf der Nordinsel Neuseelands. Es ist der längste geografische Name der Welt. Die deutsche Übersetzung aus der Maorisprache lautet: »Die Kuppe, auf der Tamatea, der Mann mit den großen Knien, der Bergbesteiger, der vielgereiste Landverschlinger, für seine Geliebte auf der Nasenflöte gespielt hat.« Die Einheimischen nennen den Hügel Taumata.

90
Prozentsatz aller Kanadier, die näher als 160,93 Kilometer an der US-Grenze leben.

90
Prozentsatz der jährlichen Bernsteinproduktion, die von der Halbinsel Samland in der Ostsee stammt.

93
Prozentsatz der Einäscherungen Verstorbener in Japan. In Großbritannien liegt die Rate im Vergleich dazu bei 67 Prozent, in China bei 49 Prozent.

96
Zahl der Stadtbezirke in Frankreich.

100
Rufnummer für Rettungsdienst und Feuerwehr in Belgien.

100
Den Führern des Amarya-Volkes in Bolivien wird nachgesagt, sie könnten über eine Entfernung von mehr als hundert Kilometern mit einem trabenden Pferd Schritt halten.

120
Es gibt in England keinen Ort, der weiter als 120 Kilometer vom Meer entfernt ist.

158
Zahl der Strophen der griechischen Nationalhymne.

170,93
So viele Quadratkilometer beträgt die Fläche Luxemburgs.

171
Kilometerlänge des Suezkanals.

192
Mortalität pro 1.000 Geburten in Angola. Mit dieser Zahl erreicht das Land die höchste Kindersterblichkeit der Welt.

200
So viele Tage dauert ein Schuljahr im weltweiten Durchschnitt. In den USA sind es 180 Tage, in Schweden 170. In Japan dauert ein Schuljahr hingegen 243 Tage.

294
So viele Treppenstufen hat der Schiefe Turm von Pisa.

300
Es gibt 300-mal mehr Schafe als Menschen auf den Falklandinseln.

400
Der Wasserspiegel des Toten Meeres liegt 400 Meter unter dem Wasserspiegel des Mittelmeers.

441
Die Zahl australischer Flughäfen mit planmäßigem Flugbetrieb.

600
So viele Fahrräder kommen in China auf ein Auto.

780
Die Größe des Internationalen Flughafens King Fahd in Saudi-Arabien in Quadratkilometern übersteigt die Größe des Landes Bahrain.

820
Zahl der Sprachen, die in Papua-Neuguinea gesprochen werden.

1.000
Zahl der Menschen, die jedes Jahr in Singapur mit Schlägen mit einer Bambusrute bestraft werden. Die Ruten werden vorher über Nacht in Wasser eingeweicht, damit sie nicht splittern.

1.040
Zahl der Inseln, die Britannien umgeben. Eine davon, Bishop Rock, ist mit 46 Meter Länge und 16 Meter Breite die kleinste Insel der Welt.

1.788
Anzahl der Räume im Palast des Sultans von Brunei – der größten Residenz der Welt.

1.792
Zahl der Treppenstufen im Eiffelturm.

2.334
Zahl der Kilometer, die Tristan da Cunha, die entlegenste Insel der Welt, von ihrem nächsten Nachbarn entfernt ist.

2.442
Zahl der Kilometer, welche die beiden Inseln Tristan da Cunha und St. Helena im südlichen Atlantischen Ozean voneinander trennen. Zusammen mit der Insel Ascension bilden sie ein britisches Überseegebiet mit einer Gesamtlandfläche von 420 Quadratkilometern.

2.861
Zahl der von einem serbischen Erwachsenen im Jahr durchschnittlich gerauchten Zigaretten und gleichzeitig höchste Zahl gerauchter Zigaretten der Welt.

3.000
Bis zu 3.000 unterschiedliche Baumarten wurden im Amazonasdschungel auf einer einzigen Quadratmeile gezählt.

3.658
Wäre die Oberfläche der Erde eben, würde der Ozean sie mit einer Wassertiefe von 3.658 Metern bedecken.

3.808
Zahl des durchschnittlichen Kalorienverbrauchs pro Person und Tag in Dänemark, das damit das Land mit dem weltweit höchsten Kalorienverbrauch ist. An zweiter Stelle folgen die US-Amerikaner mit 3.700 Kalorien. Das

globale Mittel liegt bei 2.745 Kalorien.

5.180
Die höchstgelegene Wohnung der Welt ist eine Schäferhütte auf 5.180 Meter Höhe in den Anden.

6.000
Geschätzte Temperatur in Grad Celsius im Erdkern.

6.000
Laufzeit des Pachtvertrages der Guinnessbrauerei für deren Grundstück in Dublin in Jahren.

6.852
Zahl der Inseln, aus denen Japan besteht. Es sind jedoch nur 4 davon (Hokkaido, Kyushu, Shikoku und Honshu), die zusammen 97 Prozent der Landmasse ausmachen.

11.035
Tiefste Stelle des Mariannengrabens, der sich südöstlich von Japan befindet, in Metern. Bei einer solchen Wassertiefe, die weltweit einzigartig ist, würde eine Eisenkugel über eine Stunde benötigen, um bis auf den Grund zu sinken. Zum Vergleich: Der Mount Everest ist 8.848 Meter hoch.

14.000
Zahl der täglich von indischen Eisenbahnunternehmen eingesetzten Züge. Insgesamt werden in Indien jährlich über 6 Milliarden Passagiere befördert.

18.000
Aus so vielen leeren Flaschen wurde in Kanada ein Haus gebaut.

20.000
Schülerzahl an der größten Schule der Welt auf den Philippinen.

27.000
Alter von Dolní Věstonice, einem kleinen Dorf in der südmährischen Region der Tschechei. Damit ist es das älteste Dorf der Welt.

48.280
Länge der längsten Straße der Welt, der Panamericana, die sich von Alaska bis Argentinien erstreckt. Sie wird lediglich von einem knapp 87 Kilometer langen Stück Regenwald unterbrochen.

67.807
Geschätzte Anzahl von Krankenhäusern in China. Kein Land der Erde hat mehr.

179.584
Zahl der Inseln in Finnland, das mit dieser Zahl weltweit an erster Stelle steht.

187.880
Zahl der Seen in Finnland.

500.000
Anzahl halbautomatischer Maschinenpistolen in Schweizer Haushalten.

845.000
Zahl von Dämmen auf der Welt.

2.500.000
Anzahl von Nieten im Eiffelturm.

3.000.000
Der Druck im Erdkern ist 3.000.000-mal höher als der atmosphärische Druck der Erde.

6.000.000
Zahl der Bäume im Wald der Märtyrer nahe Jerusalem. Sie symbolisieren die jüdischen Opfer des Zweiten Weltkrieges.

7.692.024
Größe Australiens in Quadratkilometern.

10.180.000
Größe Europas in Quadratkilometern.

13.500.000
Größe der Antarktis in Quadratkilometern.

16.000.000
Zahl der Fahrräder in den Niederlanden, wo es mehr Fahrräder pro Person gibt als in jedem anderen Land der Erde: je eines.

29.800.000
Die Größe Afrikas in Quadratkilometern.

43.998.000
Die Größe Asiens in Quadratkilometern.

70.000.000
Zahl der Menschen mit irischen Vorfahren weltweit.

200.000.000
Ungefähres Alter des Atlantiks, der damit das jüngste der Weltmeere ist.

510.227.658
Oberfläche der Erde in Quadratkilometern.

800.000.000
Zahl der Erwachsenen weltweit, die weder lesen noch schreiben können.

45.000.000.000
Zahl der jährlich in China verbrauchten Essstäbchen.

6.588.000.000.000.000.000
Ungefähres Gewicht der Erde in Tonnen.

Großbritannien

0
Anzahl weiblicher Gefangener in walisischen Gefängnissen – walisische Straftäterinnen wandern in England ins Kittchen.

0,2574
Kürzeste Entfernung zwischen 2 Stationen der Londoner U-Bahn. Es ist die Strecke zwischen Leicester Square und Covent Garden auf der Piccadilly Linie. Wenn man die Treppenstufen und Rolltreppen in Betracht zieht, kommt man zu Fuß schneller ans Ziel.

0,9
Der Prozentsatz der Landmasse Großbritanniens, der von Straßen bedeckt ist.

1
Zahl der in Großbritannien geborenen Päpste: Hadrian IV., geboren als Nicolas Breakspear, war von 1154 bis 1159 Pontifex.

1
Zahl der Narzissen, die der Wildlife Trust der Scilly-Inseln jährlich als Pacht an Prince Charles zahlt.

1
Zahl der Geschäfte, die weiches Toilettenpapier verkauften, als es 1947 in Großbritannien erstmals erhältlich war: Harrods.

1
Zahl der Menschen, die in der Londoner U-Bahn in einem Waggon der »Tube« geboren wurden. Marie Cordery erblickte 1924 in einem Zug der Bakerloo Linie an der Station Elephant & Castle das Licht der (Unter-)Welt. Das war ihr wahrer Name, und nicht etwa Thelma Ursula Beatrice Eleanor mit den Initialen T.U.B.E.), wie die Presse zunächst verlautbaren ließ.

1
Anzahl der Tage, die der Labour-Politiker Alfred Dobbs als Mitglied des Parlaments wirkte. Am 26. Juli 1945 wurde er gewählt, einen Tag später starb er bei einem Autounfall.

1
Zahl der britischen Grafschaften mit 2 Küsten: Devon.

2
Zahl der Menschen, deren Sarg mit der Londoner U-Bahn transportiert wurden: William E. Gladstone (4-maliger britischer Premierminister) und Dr. Thomas John Barnardo (Philanthrop und Gründer zahlreicher Kinderheime in England).

2
Zahl der Monate, für die eine Straße in Charlcombe, Somerset, in jedem Frühling

gesperrt wird, um es Fröschen und Kröten zu ermöglichen, sie gefahrlos zu überqueren.

2
Zahl der Londoner U-Bahn-Stationen, in deren Namen alle 5 Vokale enthalten sind: Mansion House und South Ealing.

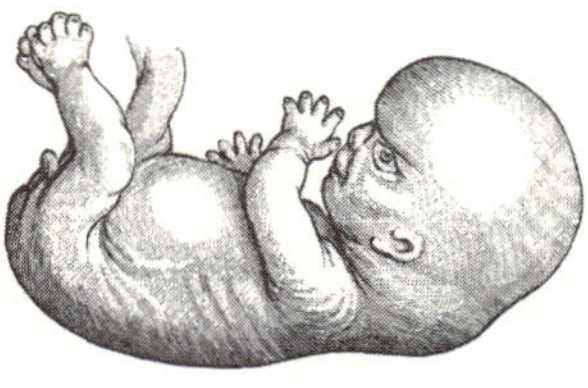

2,2
Zahl der Schwangerschaften, die eine durchschnittliche Britin in ihrem Leben haben wird. Gebären wird sie nur 1,7 Kinder – die Differenz ist auf Schwangerschaftsabbrüche zurückzuführen.

2,5
Höhe des kürzesten Fahrstuhlschachts der Londoner U-Bahn in der Station King's Cross in Metern.

2,8
Die Zahl ungesunder Zwischenmahlzeiten, die der durchschnittliche Brite täglich isst.

3
Zahl der Männer namens Richard Fort, die die Stadt Clitheroe zwischen den Jahren 1865 und 1959 im britischen Unterhaus repräsentierten.

4

Zahl der Frauen unter insgesamt 406 Personen, denen für besondere Tapferkeit während des Zweiten Weltkriegs das Kreuz des heiligen Georg verliehen wurde.

4

Häufigkeit, mit der das Wort »Queen« in der ersten Strophe der britischen Nationalhymne vorkommt.

4

Anzahl der Jahre, die das »Army Cyclist Corps« existierte – das Armee-Radlerkorps, das die britische Fahrrad-Infanterie bildete.

4

Prozentsatz britischer Hausverkäufer, die zugeben, beim Auszug die Hausnummer mitzunehmen.

4

Britische Männer begehen 4-mal so viele Verbrechen wie Frauen.

4

Prozentsatz der Briten, die an das Ungeheuer von Loch Ness glauben.

4

Anzahl öffentlicher Toiletten in ganz London im Jahr 1358. Von der größten aus – auf der London Bridge gelegen – fiel alles gleich hinunter in die Themse.

5

So viele britische Pfund wurden Harry Beck 1933 dafür gezahlt, eine Karte der Londoner Untergrundbahn zu entwerfen. Nach heutigem Wechselkurs entspricht das etwa 6 Euro.

6

Der Flughafen Heathrow ist 6-mal so groß wie Monaco.

7

Der durchschnittliche britische Erwachsene zieht alle 7 Jahre um.

7

So viel Prozent aller erwachsenen Briten gehen mindestens einmal im Jahr in die Oper.

7

In Großbritannien ist die Wahrscheinlichkeit, dass jemand mit dem Nachnamen Patel ein Multimillionär ist, 7-mal größer als die Wahrscheinlichkeit bei jemandem mit dem Nachnamen Smith.

7

Nur 7 Prozent der Briten behaupten, ihren Nachbarn zu vertrauen.

7,5

Zahl der alkoholischen Getränke, die eine britische Frau durchschnittlich pro Woche zu sich nimmt. Eine

Französin kommt in einer Woche auf 9.

8

Großbritannien ist 8-mal größer als Belgien. Saudi-Arabien ist 8-mal größer als Großbritannien.

10

Anzahl der Bahnsteige, die die U-Bahn-Stationen Moorgate und Baker Street jeweils haben.

10

Prozentsatz britischer Erwachsener, die zugeben, dieselbe Unterwäsche 3 Tage hintereinander zu tragen.

10

Britische Männer machen sich 10-mal so oft gefährlicher Verkehrsvergehen schuldig wie britische Frauen.

11

Menge an Schokolade in Kilogramm, die jährlich pro Kopf in Großbritannien verzehrt wird.

11,5

So viele Jahre beträgt die durchschnittliche Dauer einer Ehe in Großbritannien. Nach 13 Jahren ist die Wahrscheinlichkeit größer, dass eine Ehe durch den Tod eines Ehepartners endet, als durch eine Scheidung. Die durchschnittliche Länge einer Beziehung ohne Trauschein beträgt 3 Jahre.

12

Prozentsatz von Briten, die davon überzeugt sind, Geister gesehen zu haben.

14

Prozentsatz (erwachsener) Briten, die noch nie betrunken waren.

15

Zahl der britischen Nationalparks:

Dartmoor (1951 zum Nationalpark erklärt)

Lake District (1951)

Peak District (1951)

Snowdonia (1951)

Pembrokeshire Coast (1952)

North Yorkshire Moors (1952)

Exmoor (1954)

Yorkshire Dales (1954)

Northumberland (1956)

Brecon Beacons (1957)

Broads (1989)

Loch-Lomond-and-the-Trossachs (2002)

Cairngorms (2003)

New Forest (2005)

South Downs (2009)

15

Zahl der Stunden, die ein Brite im Durchschnitt für Weihnachtseinkäufe benötigt. 25 Prozent dieser Zeit verbringt er in Warteschlangen.

16
Zahl der Tunnel unter der Themse, in der Mehrheit für Züge der Londoner Untergrundbahn.

17
Zahl der alkoholischen Getränke, die ein durchschnittlicher britischer Mann pro Woche zu sich nimmt.

19
Prozentualer Anteil der Briten, die an die Wiedergeburt glauben.

19
Prozentsatz der Briten, die noch nie bei McDonald's waren.

21
Prozentsatz der Briten, die überhaupt keine Ersparnisse haben.

23
Prozentsatz der britischen Bevölkerung, der auf dem Land lebt.

26
Prozentsatz der Briten, die an UFOs glauben.

27
Prozentsatz der Briten, die noch nie Shakespeare gelesen haben.

29
Anzahl der Wochen, die eine durchschnittliche Person eine Zeitschrift behält, bevor sie sie wegwirft.

29
Prozentsatz britischer Familien, die sich öfter als einmal pro Woche zu einer gemeinsamen Mahlzeit zusammensetzen.

29
Die Zahl Londoner U-Bahn-Stationen südlich der Themse.

29
Prozentsatz britischer Frauen, die die Schildchen mit den Größenangaben von ihrer Kleidung abschneiden.

31
So oft würde Großbritannien in Australien hineinpassen.

33
Der durchschnittliche Brite trinkt 33 Liter Wasser aus Flaschen im Jahr.

35,4
So viele Kilometer sind Birminghams Kanäle länger als die von Venedig.

36
Prozentsatz der Briten, die noch nie ein Fußballspiel besucht haben.

37
Kilogewicht der Pommes frites, die ein Brite pro Jahr durchschnittlich verzehrt.

40
Prozentsatz der männlichen Hörer der BBC-Frauensendung *Women's Hour*.

42
Anzahl der Kilometer, die ein Durchschnittsbrite jährlich im Taxi zurücklegt.

42
Entfernung in Kilometern zwischen Dover und Calais.

45
Prozentsatz der Briten, die meinen, nicht genug Schlaf zu bekommen.

45
Prozentualer Anteil des Streckennetzes der Londoner Untergrundbahn, der tatsächlich unterirdisch verläuft.

49
So viele Jahre dauert es, bis die durchschnittlichen Briten zum ersten Mal Großeltern werden.

50
Das erste indische Restaurant in Großbritannien wurde über 50 Jahre vor dem ersten Fish-and-Chips-Restaurant eröffnet.

50
Anzahl der Stockwerke im Londoner Hochhaus One Canada Square, dem Gebäude, das man normalerweise Canary Wharf (»Kanaren-Kai«) nennt.

54,5
Anzahl der Quadratkilometer landwirtschaftlicher Fläche, die jedes Jahr in Großbritannien überbaut werden.

55
Prozentsatz britischer Arbeiter, die angeben, niemals eine Mittagspause zu machen.

55,2

Höhe des tiefsten Fahrstuhlschachts der Londoner U-Bahn (Hampstead) in Metern.

59

Prozentsatz der Londoner, die täglich von ihrem Partner geküsst werden. Bei den Schotten sind es nur 38 Prozent.

62

Prozentsatz der Briten, die ausschließlich Englisch sprechen.

62

Zahl der Stunden, die eine britische Mutter wöchentlich für häusliche Aufgaben aufwendet.

67

So viel Prozent des Landbesitzes in England entfallen auf weniger als ein Prozent der Bevölkerung.

68

Bei den Briten geben 68 Prozent an, dass sie an die Existenz von Geistern und Gespenstern glauben.

70

So oft würde Großbritannien in Russland hineinpassen.

70
Prozentsatz britischer Scheidungen, die von Frauen eingereicht werden.

70
Prozentsatz britischer Häuser, die von ihren Besitzern bewohnt werden.

75
Prozentsatz britischer Ortschaften ohne tägliche Busverbindung.

75
Prozentsatz britischer Autofahrer, die beim Musikhören im Auto mitsingen.

75
Prozentsatz britischer Männer, die lieber duschen als baden. Die Frauen entscheiden sich fifty-fifty.

84
Zahl der Berufsverbände in London.

85
Anzahl der Transaktionen an Geldautomaten pro Sekunde im Vereinigten Königreich.

115
Größe Belfasts in Quadratkilometern.

117
Kilometerlänge des Hadrianswalls.

140
Größe Cardiffs in Quadratkilometern.

158
Höhe des Blackpool-Towers in Metern.

189
Anzahl der britischen Abgeordneten, die 1832 bei den Parlamentswahlen gewählt wurden, ohne zur Wahl gestanden zu haben.

250
Zahl der Menschen, die jedes Jahr auf den Seitenstreifen britischer Autobahnen getötet oder verletzt werden.

260
Anzahl der Menschen pro Quadratkilometer in Großbritannien. In Australien sind es 3 Menschen pro Quadratkilometer.

264
Größe Edinburghs in Quadratkilometern.

287
Anzahl der U-Bahn-Stationen der Londoner U-Bahn.

288
Anzahl der Jahre, die es dauerte, bis das am längsten verspätete

Büchereibuch wieder zurückgegeben wurde. Robert Walpole, Vater des ersten gleichnamigen Premierministers, entlieh 1667 ein Buch im Sidney Sussex College, Cambridge. Es wurde 1955 zurückgegeben.

300
Der Ärmelkanal wächst jedes Jahr um 300 Millimeter.

345
Das Vereinigte Königreich ist 345-mal größer als Singapur.

400
Der durchschnittliche Brite verbringt im Jahr über 400 Stunden mit Einkaufen.

402,33
Länge des Streckennetzes der Londoner U-Bahn in Kilometer.

472
Zahl der Strände in Großbritannien.

528
Zahl der Treppenstufen bis zur Spitze der St. Paul's Cathedral.

850
Zahl der Weihnachtskarten, die die Queen und ihr Mann, der Duke von Edinburgh, jährlich versenden.

1.572
Größe Londons in Quadratkilometern.

2.000
Zahl der Menschen, die in Großbritannien die kornische Sprache sprechen.

3.000
Anzahl der Portionen Spaghetti Bolognese, die der Durchschnittsbrite im Laufe seines Leben verzehrt.

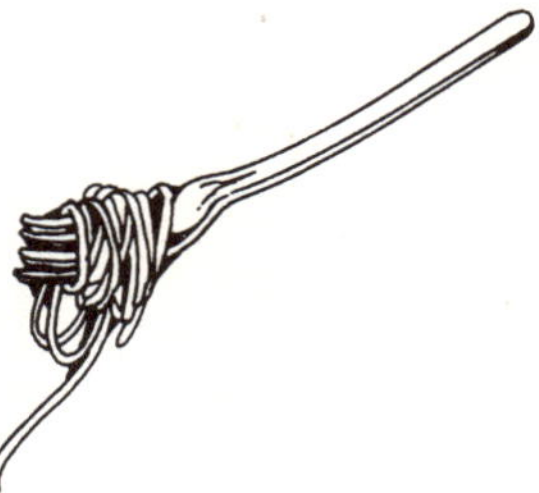

4.000
Zahl der Menschen, die jede Woche in britischen Krankenhäusern behandelt werden müssen, weil Do-it-yourself-Reparaturen danebengegangen sind.

6.289
Zahl der Inseln, die zusammengefasst als Britische Inseln bezeichnet werden. Die meisten davon befinden sich vor der Küste Schottlands.

17.559,55
Länge der britischen Schienenwege in Kilometern.

35.000
Zahl der Hektar Land, die im Vereinigten Königreich zur Aufzucht von Erbsen verwendet werden.

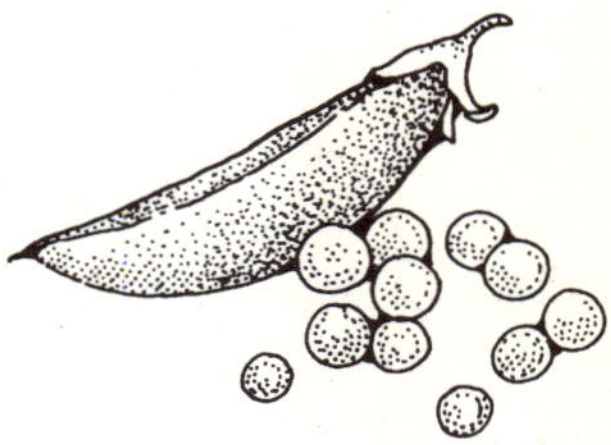

35.000
Zahl der Kekse, die der durchschnittliche Brite im Laufe seines Lebens verzehrt.

60.000
Zahl der britischen Kinder, die ihre schulische Ausbildung zu Hause bekommen.

80.000
Anzahl der täglich auf der britischen Notrufnummer 999 eingehenden Anrufe.

92.900
Menge des Glases in Quadratmetern, das bei der Weltausstellung 1851 für den Kristallpalast verwendet wurde.

150.000
Zahl der Briten, die in der Landwirtschaft arbeiten. Hundert Jahre zuvor waren es noch 2.000.000.

250.000
Zahl der Straßen in Großbritannien. Aneinandergereiht würden sie bis zum Mond reichen.

500.000
Zahl eingetragener Gebäude in Großbritannien.

5.900.000
Anzahl der Videoüberwachungskameras im Vereinigten Königreich. Das macht eine Kamera pro 14 Einwohner.

600.000
Anzahl der Veganer in Großbritannien.

4.500.000
Mitgliederzahl in britischen Fitnessklubs. Aber nur ein Viertel von ihnen trainiert regelmäßig.

8.000.000
Zahl der jährlich in Großbritannien verkauften Weihnachtsbäume.

8.000.000
Zahl der Wegwerfwindeln, die jeden Tag in Großbritannien verbraucht werden.

11.000.000
Zahl der Kühe in Großbritannien.

13.000.000
Es gibt in Großbritannien 13 Millionen mehr Kreditkarten als Einwohner.

14.000.000
Zahl der Sardinenbüchsen, die jährlich in Großbritannien verkauft werden. Das entspricht einem Gewicht von 5.400 Tonnen.

75.000.000
Anzahl der Tassen Kaffee, die jeden Tag von Briten getrunken werden.

150.000.000
Zahl der Avocados, die pro Jahr in Großbritannien verkauft werden.

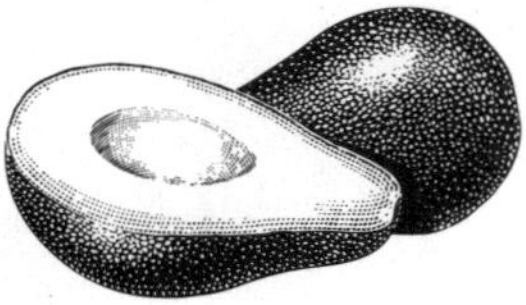

300.000.000
Geldsumme in britischen Pfund, die von Frauen alljährlich für die Entfernung unerwünschter Körperbehaarung ausgegeben wird – das entspricht etwa 375.000.000 Euro.

400.000.000
Zahl der jährlich von britischen Allgemeinmedizinern gestellten Diagnosen.

1.500.000.000
Zahl der Rollen Toilettenpapier, die Großbritannien pro Jahr verbraucht.

10.000.000.000
Zahl der Eier, die jedes Jahr in Großbritannien verbraucht werden.

Die USA

0

Die USA haben noch keinen Krieg verloren, in dem sie Mulis einsetzten.

0

Anzahl US-amerikanischer Greencards, die in der Zeit von 1964 bis 2010 tatsächlich grün waren. Erst danach wurde die Farbe wieder eingeführt.

0

Die Häufigkeit, mit welcher der Buchstabe »Q« im Namen von einem der 50 US-amerikanischen Bundesstaaten auftaucht.

0

Zahl der US-amerikanischen Präsidenten, die als Einzelkinder aufwuchsen.

0

Anzahl von US-Präsidenten, die im Monat Mai gestorben sind.

1

Die Zahl der US-Bundesstaaten, in denen Erwachsene keinen Sicherheitsgurt anlegen müssen: New Hampshire.

1

Zahl der US-Staaten auf dem amerikanischen Festland, die nur an einen einzigen anderen Bundesstaat grenzen: Maine.

1

Anzahl der US-Präsidenten, deren Antrittsrede ohne das Wort »ich« auskam. Lediglich Theodore Roosevelt war so bescheiden. Abraham Lincoln, Franklin D. Roosevelt und Dwight D. Eisenhower benutzten das Wort jeweils einmal in ihrer Antrittsrede.

1

Zahl der US-Präsidenten, nach denen eine Pariser Metrostation benannt wurde: Franklin D. Roosevelt.

1

Zahl der US-Präsidenten, die Junggesellen waren: James Buchanan.

1

Zahl der US-Präsidenten, die nie zum Präsidenten oder zum Vizepräsidenten gewählt wurden: Gerald Ford.

1

Anzahl der US-Amerikaner, die in Hitlers Autobiografie *Mein Kampf* lobend erwähnt werden: der Autohersteller Henry Ford.

1

Zahl der US-Bundesstaaten, die es ihren Einwohnern erlauben, aus dem Weltraum an Wahlen teilzunehmen: Texas.

1

Zahl der US-Bundesstaaten, deren Namen man auf einer Computertastatur mit den Buchstaben einer einzigen Reihe tippen kann: Alaska – auf der mittleren Reihe.

1

Zahl der US-Präsidenten, die nur einen einzigen Tag lang im Amt waren, geschehen am 4. März 1849. Nach seiner Ernennung zum Präsident pro tempore der Vereinigten Staaten – der frisch gewählte Zachary Taylor weigerte sich, am heiligen Sonntag anzutreten – verbrachte Interims-Staatsoberhaupt David Atchison den Tag überwiegend schlafend.

2

Zahl der E-Mails, die Bill Clinton während seiner 8-jährigen Präsidentschaft verschickte. Eine war an John Glenn gerichtet, der sich zu dem Zeitpunkt an Bord des Space Shuttles befand, mit der anderen Mail sollte das E-Mail-System des Weißen Hauses getestet werden.

2

Zahl der Gerichtsprozesse in den USA pro Minute.

2

Zahl der Autos im Staat Ohio im Jahr 1895. Sie schafften es tatsächlich, irgendwie zusammenzustoßen.

2

Pro-Kopf-Zahl der Kreditkarten in den USA.

2

Zahl ehemaliger US-Präsidenten, die am 4. Juli (dem Unabhängigkeitstag) 1826 gestorben sind: John Adams (2. Präsident) und Thomas Jefferson (3. Präsident) traten beide am gleichen Tag von der Bühne des Lebens ab.

2

Anzahl von Hauptstädten der Südstaaten, die während des Amerikanischen Bürgerkriegs nicht von den Truppen der Nordstaaten besetzt wurden: Austin, Texas und Tallahassee, Florida.

2

Ulysses S. Grant, Oberbefehlshaber des US-Heeres im Sezessionskrieg, litt an Tontaubheit und sagte einmal: »Ich kenne nur zwei Melodien. Eine davon ist Yankee Doodle, die andere nicht.«

3

Zahl der US-Bundesstaaten, deren Namen mit 2 aufeinanderfolgenden Konsonanten beginnen: Florida, Wyoming und Rhode Island.

3

Mindestzahl von Menschen, die in den USA für gemeinschaftlich begangenen öffentlichen Aufruhr angeklagt werden können. In Großbritannien müssen es wenigstens 12 Beteiligte sein, damit ein öffentlicher Aufruhr daraus wird.

4

Die Herstellungskosten einer US-Banknote betragen 4 Cent – unabhängig vom Nominalwert.

4

Anzahl der Zeitzonen im Zuständigkeitsbereich der Universität von Alaska.

4

Zahl der US-Bundesstaaten, bei denen der Anfangsbuchstabe der Hauptstadt derselbe ist wie der des Staatsnamens: Dover, Delaware; Honolulu, Hawaii; Indianapolis, Indiana; Oklahoma City, Oklahoma.

5

Die Zahl der US-Bundesstaaten, die man an einem klaren Tag von der Spitze des Empire-State-Buildings aus sehen kann: New York, New Jersey, Connecticut, Massachusetts und Pennsylvania.

6

Zahl der Monate, die es 1938 dauerte, die Gatke Hall, ein ehemaliges Postgebäude, vollkommen intakt auf Rollen eine Straße hinunter bis zu ihrem neuen Standort zu bewegen, dem Gelände der Willamette Universität in Salem, Oregon.

6

Nathan Hicks aus St. Louis, Missouri, erschoss 1986 seinen Bruder Herbert, weil er innerhalb von 2 Tagen 6 Rollen Toilettenpapier verbraucht hatte.

6

Prozentsatz US-amerikanischer Männer, die einen telefonischen Heiratsantrag gemacht haben.

7

So viel Prozent der US-amerikanischen Bevölkerung essen täglich bei McDonald's.

7

Die US-Amerikaner vertilgen täglich 7 Hektar Pizza.

7

Zahl der Hügel, auf denen Seattle, Washington, erbaut wurde.

9

An einem einzigen Tag verbrauchen die US-Amerikaner genug Toilettenpapier, um es 9-mal um die Erde zu rollen. Würde sich alles verwendete Toilettenpapier auf einer einzigen Rolle befinden, müsste es mit einer Geschwindigkeit von 12.231 Stundenkilometern abgerollt werden, damit es innerhalb von einem Tag verbraucht werden kann.

9

Zulässiger Höchstwert für Rattenkot in Milligramm pro Kilogramm Weizen, festgelegt von der FDA, der US-amerikanischen Lebensmittelüberwachungs- und Arzneimittelzulassungsbehörde.

9,4

Zahl der Jahre, die eine Ehe in den USA durchschnittlich hält.

9,65

Im US-Bundesstaat Michigan ist niemand weiter von einem See entfernt als 9,65 Kilometer.

10

Zahl der Kühe pro Einwohner im US-Staat Vermont.

11

Anzahl der Konföderierten Staaten von Amerika (besser bekannt als Südstaaten).

12

Anzahl der »schmutzigen Wörter«, die 1973 von der Federal Communications Commission (US-amerikanische Bundesbehörde für Kommunikationswege) auf den Index gesetzt wurden. Sie finden allesamt noch immer reichlich Verwendung.

12
So viel Prozent der US-Amerikaner glauben, Jeanne d'Arc sei Noahs Frau gewesen.

14
Anzahl von Impulskäufen, die US-amerikanische Supermarktkunden bei einem einzigen Einkaufsbummel im Supermarkt tätigen.

17
Zahl der Tonnen Gold, die in den USA jährlich zu Eheringen verarbeitet werden.

18
Prozentsatz der US-Amerikaner, die das Bett mit ihren Haustieren teilen.

19
Anzahl der Salutschüsse zur protokollarischen Begrüßung des Vizepräsidenten der Vereinigten Staaten von Amerika.

20
Prozentsatz der US-Amerikaner, die glauben, dass sich die Sonne um die Erde dreht.

21
Anzahl der Salutschüsse zur protokollarischen Begrüßung des Präsidenten der Vereinigten Staaten von Amerika.

21
Alaska ist so groß, dass die 21 kleinsten US-Bundesstaaten hineinpassen würden.

24
Summe in Dollar, die den indigenen Amerikanern für die Halbinsel Manhattan gezahlt wurde.

25
Prozentsatz der Geschäfte in den USA, die Franchise-Unternehmen sind.

25
Einwohnerzahl pro Quadratkilometer in den USA. In Japan sind es 351 Einwohner pro Quadratkilometer.

25
Prozentualer Anteil aller Gefangenen weltweit, die in den USA einsitzen (bei einem 5-Prozent-Anteil der USA an der Weltbevölkerung).

25
Wenn Calvin Coolidge (30. Präsident der Vereinigten Staaten) im Auto gefahren wurde, bestand er jedes Mal darauf, dass der Fahrer nicht schneller als 25 Stundenkilometer fuhr.

26
Anzahl der US-Bundesstaaten mit einem Reptil im offiziellen Staatswappen als Wahrzeichen. 19 davon sind Schildkröten.

27

Zahl der US-Marines im Zweiten Weltkrieg, die sich auf explodierende Granaten warfen, um ihre Kameraden zu schützen. Nur 3 der 27 überlebten.

28

Die Anzahl von Schweinen, die ein durchschnittlicher US-Amerikaner im Leben verzehrt.

28,16

Die Korridore des Pentagons sind zusammen 28,16 Kilometer lang.

30

Die US-amerikanische Lebensmittelüberwachungs- und Arzneimittelzulassungsbehörde (FDA) erlaubt 30 Insektenfragmente und ein oder mehr Nagetierhaare in 100 Gramm Erdnussbutter.

30

Ein US-Richter verdonnerte eine Familie dazu, 30 Tage lang gemeinsam zu Abend zu essen. Er bestellte sogar einen Bewährungshelfer, der kontrollieren sollte, ob das Urteil auch umgesetzt wurde.

30

Prozentualer Anteil des biologisch nicht abbaubaren US-amerikanischen Mülls, der aus Wegwerfwindeln besteht.

33

Prozentsatz der US-Amerikaner, die die Toilette spülen, während sie noch darauf sitzen.

33
Ein Drittel der US-amerikanischen Hundebesitzer geben zu, dass sie mit ihrem Hund telefonieren oder Nachrichten für ihn auf den Anrufbeantworter sprechen, wenn sie unterwegs sind.

37
Zahl der US-Bundesstaaten mit einer Helmpflicht für Radfahrer.

38
Die State Route 69 in Utah wurde zu State Route 38 umbenannt, weil die Straßenschilder wegen der sexuellen Konnotationen der Zahl 69 zu oft gestohlen wurden.

39
Prozentsatz der US-Amerikaner mit Reisepässen. 60 Prozent aller Kanadier haben Pässe, aber nur 15 Prozent der Chinesen besitzen einen.

42
Im Jahre 1935 verhaftete die Polizei von Atlantic City, New Jersey, am Strand 42 Männer. Mit diesem harten Durchgreifen sollte unterbunden werden, dass die Männer Badebekleidung ohne Oberteil trugen.

47
Ohio wird als der 17. US-Bundesstaat gelistet, technisch ist er aber der 47. Erst am 7. August 1953 wurde bemerkt, dass im Kongress vergessen worden war, eine Resolution zur Aufnahme Ohios in die Union zu verabschieden.

50
Prozentsatz aller US-Amerikaner, die in einem Umkreis von 80,46 Kilometern von ihrem Geburtsort entfernt leben.

50
Die Hälfte der Einwohner Kentuckys hat bereits als Teenager zum ersten Mal geheiratet.

50
Prozentsatz US-amerikanischer Ehefrauen, die angeben, denselben Mann noch einmal zu heiraten, wenn es nötig wäre. Der Prozentsatz der Ehemänner liegt bei 80 Prozent.

50
Prozentsatz aller in den USA gegessenen Marshmallows, die vor dem Verzehr getoastet wurden.

55
Alle Würmer in den Vereinigten Staaten wiegen zusammengenommen 55-mal so viel wie die gesamte US-amerikanische Bevölkerung.

60
Anzahl der US-Städte, bei denen das Wort »turkey« im Namen vorkommt.

67
Zahl der Stunden, die jeder Einwohner von Washington D. C. jährlich in Verkehrsstaus verbringt. Landesweit sind es 52 Stunden.

70
So viel Prozent der weltweit praktizierenden Anwälte sind in den USA tätig.

71
Prozentsatz aller US-amerikanischen Büroangestellten, die laut einer Straßenbefragung dazu bereit wären, im Tausch gegen einen Schokoriegel ihre Computerpasswörter preiszugeben.

72
Prozentsatz aller US-Amerikaner, die auf ihren Grußkarten auch mit dem Namen ihres Haustieres unterzeichnen.

75
Prozentsatz US-amerikanischer Staatsbürger, die auf nur 2 Prozent der Landfläche leben.

77,22
So viel Liter Milch trinkt der durchschnittliche US-Amerikaner im Jahr.

90
Prozentsatz New Yorker Taxifahrer, die nicht in den USA zur Welt gekommen sind.

97
Prozentsatz aller Geldscheine in den Vereinigten Staaten, an denen Kokainreste nachgewiesen werden können.

99
Prozentsatz aller in den USA verkauften Kürbisse, die als Halloweenlaternen enden.

100
Anzahl der Schwarzbären, die jährlich auf den Straßen Floridas umkommen.

120
Fleischmenge in Kilogramm, die der durchschnittliche US-Amerikaner pro Jahr verzehrt. Weltweit liegt der Durchschnitt bei 42 Kilogramm pro Person.

132
Anzahl der Räume im Weißen Haus.

184
Zahl der Personen, die in New York pro Jahr von Ratten gebissen werden.

190
Anzahl der Kaugummis, die der durchschnittliche US-Amerikaner pro Jahr kaut.

217
So oft furzte ein 11-jähriger US-Amerikaner innerhalb von 5 Minuten während einer Radiosendung.

311
Zahl der Sprachen, die in den USA gesprochen werden.

365
Zahl der US-Amerikaner, die im Durchschnitt pro Jahr in ihrer eigenen Badewanne ertrinken. Noch mehr erfrieren allerdings: fast doppelt so viele.

556
Anzahl offiziell in den USA anerkannter indigen-amerikanischer Stämme.

765
Anzahl von Autos pro tausend US-Bürger. Es ist die höchste Rate der Welt.

865,83
So viele Kilometer Küste hat New York.

1.600
Zahl der Menschen, die in New York jährlich von anderen Menschen gebissen werden.

5.000
Zahl der Menschen, die sich 1945 in New York in die Schlangen einreihten, um für 12,50 Dollar einen der ersten Kugelschreiber zu kaufen.

5.400
Zahl der Exponate im Löffelmuseum New Jerseys.

8.000
Zahl der US-Soldaten, die am Koreakrieg teil-

nahmen und immer noch als »vermisst« geführt werden.

12.500

Zahl der Hundewelpen, die pro Stunde in den Vereinigten Staaten geboren werden.

12.500

Der Innenhof des US-Pentagons ist 12.500 Quadratmeter groß und das größte Gebiet der Erde, in dem für Soldaten weder die Pflicht zum Tragen einer Kopfbedeckung noch die Pflicht zum militärischen Grüßen eines ranghöheren Offiziers gilt.

62.654

Zahl der Stunden, die der US-amerikanische Pilot John Edward Long in der Luft verbracht hat. In der Zeit von 1933 bis 1977 waren das mehr als 7 Jahre.

200.000

Mitgliederzahl der Amerikanischen Nazipartei im Jahre 1939.

425.000

Zahl deutscher Kriegsgefangener, die während des Zweiten Weltkrieges, verteilt auf 700 Gefangenenlager, in den Vereinigten Staaten festgehalten wurden.

14.000.000

Zahl alljährlich verschrotteter Autos in den USA.

72.000.000

Anzahl von Büchern in der Kongressbibliothek in Washington D.C., der größten Bibliothek der Welt.

Menschliches

0,1

Wer an einer Briefmarke leckt, nimmt dabei jedes Mal eine zehntel Kalorie zu sich.

0,7

Zu jedem beliebigen Zeitpunkt sind 0,7 Prozent der Weltbevölkerung betrunken.

1

Am Äquator wiegen wir alle ein Prozent weniger.

1,36

Gewicht des größten bekannten Nierensteins der Welt – in Kilogramm.

1,7

Zahl der Todesfälle pro Sekunde weltweit.

2

Zahl der Emotionen, die an einer Entscheidungsfindung beteiligt sind.

2

So viele Meter sollen Zahnbürsten nach Empfehlung von Zahnärzten von der Toilette entfernt aufbewahrt werden, um nicht von Schwebepartikeln kontaminiert zu werden, die beim Betätigen der Wasserspülung aufgewirbelt werden könnten.

2

Durchschnittliche Zahl der Zähne, die im Laufe von 10 Jahren von Personen verloren werden, die 20 Zigaretten am Tag rauchen.

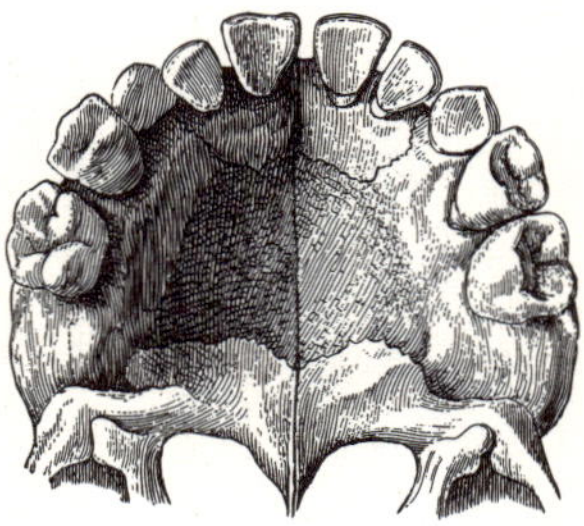

2

Zahl der Kugelschreiber, die im Durchschnitt pro Person und Woche verloren werden.

2

Frohe Feste (wie zum Beispiel Familienfeiern oder Abende mit Freunden) stärken das Immunsystem danach 2 Tage lang.

2

Ungefähre Anzahl der Jahre, die eine Person im Laufe ihres Lebens am Telefon verbringt.

2,5

Zentimeterzahl, die der durchschnittliche Singlemann kleiner ist als ein verheirateter Mann.

2,72

So viele Kilogramm Lippenstifte verbraucht eine Frau in ihrem Leben.

3

Zahl der Menschen auf der Welt mit der Blutgruppe A-H.

3

Zahl der Weltumrundungen, die ein Mensch durchschnittlich im

Laufe seines Lebens zu Fuß macht.

3,5

Zahl der Kalorien, die eine Person verbrennt, wenn sie 2 Minuten lang lacht.

4

So viel Mal ist es wahrscheinlicher, dass eine Frau Probleme mit den Füßen bekommt als ein Mann.

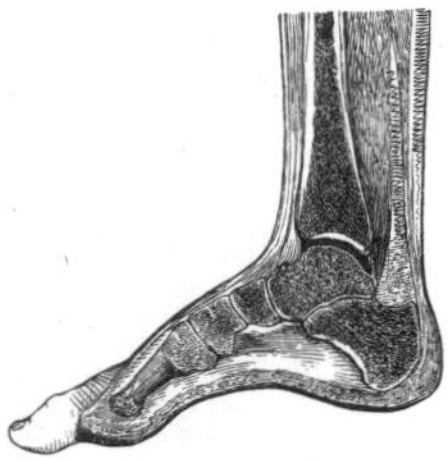

4

Prozentsatz der Babys, die tatsächlich am errechneten Geburtstermin zur Welt kommen.

4

Im Haushalt eines Menschen unter 25 Jahren ist die Wahrscheinlichkeit eines Einbruches 4-mal höher als in einem Haushalt, der von einer Person über 65 geführt wird.

4

So viel wahrscheinlicher ist es, dass ein Mann nackt schläft, als dass eine Frau es tut.

4,9

Ein gesunder Erwachsener kann mit einem einzigen Atemzug bis zu 4,9 Liter Luft einatmen. Im Ruhezustand werden nur 5 Prozent dieses Volumens genutzt.

5
Die durchschnittliche Anzahl von Jahren, die ein Mensch in seinem Leben träumt.

5
Prozentsatz der Männer, die zugeben, ihre Zahnbürste weiterbenutzt zu haben, nachdem sie ihnen in die Toilette gefallen ist.

5
Zahl der Minuten, die ein Schluckaufanfall durchschnittlich dauert.

5,6
Prozentsatz der Menschen, die am Restless-Legs-Syndrom leiden.

6
Anzahl der Monate, die der Durchschnittsmensch im Laufe seines Lebens auf der Toilette verbringt.

6
Prozentsatz der Frauen, die nicht mindestens einmal im Monat weinen.

6
Der Duft von Grapefruit lässt Frauen mittleren Alters auf Männer im Schnitt 6 Jahre jünger wirken. Andersrum funktioniert das übrigens nicht.

7
Ein Mensch braucht im Schnitt 7 Minuten bis zum Einschlafen.

7
In Gesprächen entsteht alle 7 Minuten eine Pause.

7
Eine Durchschnittsperson wirft jährlich das 7-Fache ihres Körpergewichts an Müll weg.

7
So oft blinzelt ein Computernutzer durchschnittlich pro Minute.

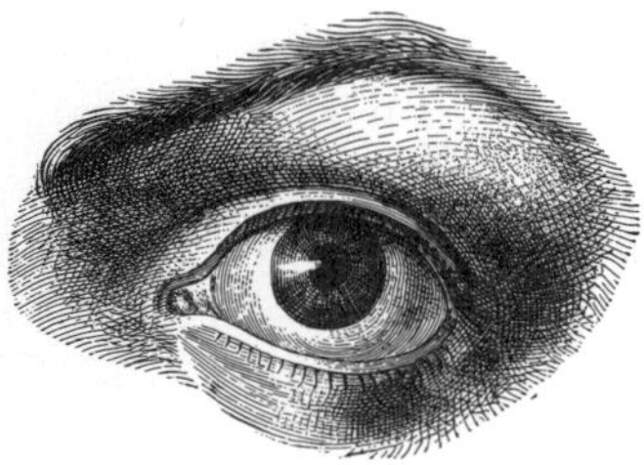

7,5
Mörder sind durchschnittlich 7,5 Jahre jünger als ihre Opfer.

7,5
Der Weltrekord im Luftanhalten liegt bei 7,5 Minuten.

8
Zahl der Häuser, die ein durchschnittlicher Hauskäufer besichtigt, bevor er eines erwirbt.

8,5
Der durchschnittliche glatt rasierte Mann wird im Laufe seines Lebens 8,5 Meter Barthaar schneiden.

10
Zahl der Tage, die ein Mensch ohne Schlaf überleben kann. Menschen sterben schneller an totalem Schlafentzug als an Hunger.

10
Es gibt 10 unterschiedliche Arten zu lachen: amüsiertes, freudiges, mitfühlendes, höfliches, erleich-

tertes, enttäuschtes, verlegenes, gequältes, kommentierendes und ironisches Lachen.

10

Die Wahrscheinlichkeit, dass Frauen farbenblind sind, ist 10-mal geringer als bei Männern.

10

Raucher haben 10-mal mehr Falten als Nichtraucher.

10

Prozentsatz der Sekretärinnen, die ein Verhältnis mit ihrem Chef haben.

10

In den vergangenen 150 Jahren sind die Einwohner der Industrienationen um 10 Zentimeter gewachsen.

12

So oft werden in Säuglingsstationen auf der ganzen Welt Neugeborene den falschen Müttern übergeben – am Tag.

12

Prozentsatz verheirateter britischer Männer, die behaupten, den größten Teil der Hausarbeit zu erledigen. In Norwegen sind es 30, in China 40 Prozent der verheirateten Männer.

12
Diese Strecke legt ein durchschnittlicher Bürostuhl mit Rollen im Jahr an Kilometern zurück.

13,7
So viele Grad Celsius betrug die Körpertemperatur der Schwedin Anna Bågenholm, als sie für 80 Minuten in einem Fluss unter einer Eisschicht eingeklemmt war – die niedrigste gemessene Körpertemperatur, die ein Mensch jemals überlebt hat.

15
Im Durchschnitt schlafen Frauen jede Nacht 15 Minuten länger als Männer.

15
So viele Liter Wasser verbraucht man, wenn man beim Zähneputzen das Wasser laufen lässt.

17
So oft lacht ein Mensch durchschnittlich am Tag.

18
Durchschnittliche Zeit in Minuten, die darauf verwendet wird, ein Grundstück vor dem Erwerb zu besichtigen.

20
Prozentsatz, um den sich der Intelligenzquotient eines durchschnittlichen Menschen nach einem 3-wöchigen Urlaub verringern kann.

20

Der Prozentsatz aller über 65-Jährigen in der gesamten Geschichte der Menschheit, die heute leben.

20

Beim Kaugummikauen verbraucht man im Schnitt 20 Kalorien pro Stunde.

21

Linkshändige Universitätsabsolventen verdienen durchschnittlich 21 Prozent mehr als rechtshändige Absolventen.

22

So oft öffnet ein Mensch am Tag durchschnittlich den Kühlschrank.

22

Prozentsatz linkshändiger Zwillinge – mehr als doppelt so hoch wie bei Nicht-Zwillingen.

22

Die Zeit in Minuten, die durchschnittlich dafür verwendet wird, ein kostspieliges Kleidungsstück vor dem Kauf zu betrachten.

25

Prozentsatz der guten Vorsätze fürs neue Jahr, die schon in der ersten Januarwoche gebrochen werden.

28

Durchschnittliche Minutenzahl, die ein Kind im Alter zwischen 2 und 7 täglich mit Ausmalen verbringt.

30
Zahl der Minuten, die ein durchschnittliches Auge durch das Blinzeln täglich geschlossen ist.

33,3
Prozentsatz der Krebserkrankungen, die mit der Sonne zu tun haben.

33,3
Prozentsatz der Weltbevölkerung unter 18 Jahren.

35
Durchschnittsentfernung zum Gegenüber in Zentimetern bei Gesprächen.

37
Prozentsatz der Männer, die beim Küssen die Augen schließen. Bei den Frauen sind es 97 Prozent.

39
Bei einer wilden Knutscherei werden 39 unterschiedliche Gesichtsmuskeln trainiert, und es können bis zu 150 Kalorien verbrannt werden. Das entspricht mehr als bei 15 Minuten Schwimmen. Ein einfaches Küsschen verbraucht nur 3 Kalorien.

40
Prozentsatz der Leute, die beim Gastgeber im Bad in den Medizinschrank schauen werden, wenn sie zu einer Party eingeladen sind.

40
Prozentsatz der Frauen, die einen Mann schon einmal mit einem Schuh beworfen haben.

40
Prozentsatz der Weihnachtsgeschenke, die übers Internet gekauft werden.

50
Prozentsatz der Männer, die weniger als einmal im Monat weinen.

50
Die Hälfte aller Geschmacksknospen verlieren die meisten Menschen bis zu ihrem 60. Geburtstag.

55
Prozentsatz aller Männer, die ihre Hände nach der Benutzung einer öffentlichen Toilette waschen.

56
Beim Tippen erledigt die linke Hand einer Durchschnittsperson 56 Prozent der Arbeit.

60
Prozentsatz der Leute, die »Rot« sagen, wenn sie eine Farbe nennen sollen.

64
Prozentsatz der Frauen, die auf der linken Seite des Bettes schlafen.

64
Prozentsatz aller Leute, die ihre Zunge aufrollen können.

67
Prozentualer Anteil von Frauen unter den Analphabeten weltweit.

70
Zahl der Dezibel bei richtig lautem Schnarchen. Das lauteste jemals gemessene Schnarchen erreichte 92 Dezibel, was fast dem Lärm einer Schlagbohrmaschine entspricht.

72
Minuten dauert es, bis ein Durchschnittsmann vom Shoppen gelangweilt ist. Eine Durchschnittsfrau hält es 100 Minuten aus.

77
Anzahl der Minuten eines durchschnittlichen Tages, die ein Erwachsener in der Regel mit Essen verbringt.

80
Prozentsatz aller Millionäre, die einen Wagen aus zweiter Hand fahren.

80
Prozentsatz der Frauen, die nach Benutzung der Toilette die Hände waschen.

80
Prozentsatz des täglich Erlernten, das wir wieder vergessen.

86

Prozentualer Anteil der Frauen, die beim Einkaufen auf das Preisschild schauen. Bei Männern sind es nur 72 Prozent.

90

Prozentsatz aller an der Krankheit Lupus leidenden Menschen weiblichen Geschlechts.

90

Prozentsatz aller Amputierten, die angeben, das fehlende Glied immer noch ganz oder wenigstens teilweise spüren zu können.

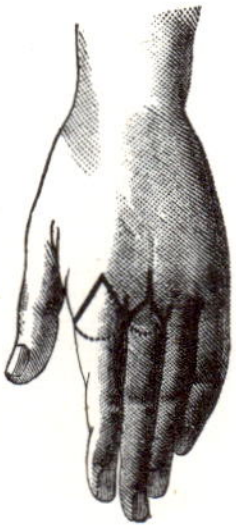

92

So viel Prozent der Paare haben eine feste Verteilung, wer links und wer rechts schläft.

95

Prozent der Zuverlässigkeit, mit der das Geschlecht einer Person am Geruch ihres Atems erraten werden kann.

97

Prozentsatz aller Leute, die ihren eigenen Namen schreiben, wenn man ihnen einen neuen Stift zum Ausprobieren gibt.

98

Prozentsatz der Männer, die einen Kannenwärmer auf ihren Kopf setzen, wenn man sie damit allein lässt.

100
Zahl der Menschen, die jedes Jahr an Kugelschreibern ersticken.

102
Rekordzahl an Tagen, die ein Mensch jemals an Verstopfung litt.

113
Die Zahl der Minuten, die ein Neugeborenes durchschnittlich am Tag weint.

116
Von 2 Milliarden Menschen erreicht ein Einziger ein Alter von 116 oder mehr Jahren.

140
Auf Streckenkilometer gerechnet, ist ein tödlicher Unfall beim Autofahren 140-mal wahrscheinlicher als bei Flugreisen. Legt man einzelne Touren zugrunde, sind Autos jedoch sicherer als Flugzeuge.

145
Die Anzahl von Tagen, die ein Mann im Laufe seines Lebens damit verbringt, sich zu rasieren.

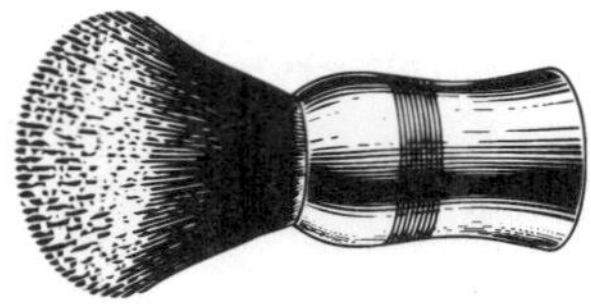

150
Anzahl von Tagen, die ein Fingernagel dazu benötigt, vom Nagelbett bis zur Fingerspitze zu wachsen.

200

Im Mai geborene Babys sind im Schnitt 200 Gramm schwerer als Babys, die in anderen Monaten geboren wurden.

275

Die Anzahl von Wörtern, die ein durchschnittlicher Leser in einer Minute lesen kann.

300

Ein 6-Jähriger lacht durchschnittlich 300-mal pro Tag.

300

Ungefähre Anzahl mikroskopisch kleiner Speicheltröpfchen, die ein durchschnittlicher Sprecher pro Minute verspritzt. Das sind 2,5 Tröpfchen pro Wort.

400

Zahl der Fragen, die ein 4-Jähriger täglich stellt.

700

Einstündiges Tragen von Kopfhörern vergrößert die Anzahl von Bakterien in den Ohren um das 700-Fache.

978

Anzahl aufeinanderfolgender Tage, die der längste aufgezeichnete Niesanfall dauerte.

1.140

Zahl der Telefonate, die ein Mensch durchschnittlich pro Jahr führt.

4.500
Anzahl von Schritten, die ein Mensch täglich im Schnitt macht.

5.500
Zahl der Wörter im Sprachschatz eines durchschnittlichen Erwachsenen.

5.800
Zahl der Windeln, die ein Baby im Durchschnitt verbraucht.

6.500
Die Wahrscheinlichkeit, sich im Laufe seines Lebens an einem Toilettensitz zu verletzen, beträgt 1 zu 6.500.

7.000
Durchschnittliche Anzahl von Wörtern, die ein Mann am Tag spricht, die meisten davon allerdings im Selbstgespräch. Frauen verwenden täglich 20.000 Wörter.

7.163
So oft geht ein Mensch im Laufe seines Lebens in die Badewanne.

12.568
Im Jahre 1967 hatte ein Mann 12.568 Pickel, verteilt über seinen gesamten Körper. Auf seiner Haut gab es keine Stelle, die nicht damit bedeckt war. Der Durchmesser des größten Pickels betrug 9 Zentimeter. Damit war er nur

3 Zentimeter kleiner als eine CD.

23.040
Durchschnittliche Anzahl von Atemzügen, die ein Mensch am Tag macht.

160.930
Zahl der Kilometer, die eine Person durchschnittlich bis zu ihrem 85. Geburtstag zu Fuß zurücklegen wird.

200.000
So oft muss man die Stirn runzeln, bis die Falten dauerhaft bleiben.

220.000
Zahl der Stunden, die ein Mensch im Leben durchschnittlich schläft.

208.197.647,9
Zahl der Liter an Blut, die das Herz eines Menschen bis zu dessen 70. Geburtstag pumpt.

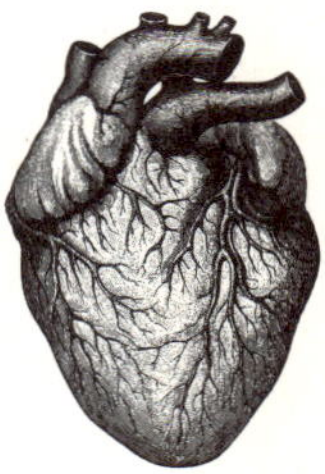

Der menschliche Körper

0

Zahl der Kniescheiben eines Babys. Kinder bekommen sie frühestens nach ihrem 2. Geburtstag.

0,01

Parasiten machen 0,01 Prozent unseres Körpergewichts aus.

0,02

Wenn man sich den Zeh stößt, registriert das Gehirn den Schmerz nach 0,02 Sekunden.

0,05

Durchmesser eines typischen Haares in Zentimetern.

0,6

Jeder Mensch ist nachts durchschnittlich 0,6 Zentimeter größer.

1

Zahl der Minuten, die das Blut braucht, um

einmal durch den ganzen menschlichen Körper zu zirkulieren.

1

Zahl der Primatenarten, deren Handflächen keine Pigmente haben: Menschen.

1,13

Der Mund produziert täglich 1,13 Liter Speichel.

1,36

Kilogewicht des menschlichen Gehirns – das meiste davon ist allerdings Wasser.

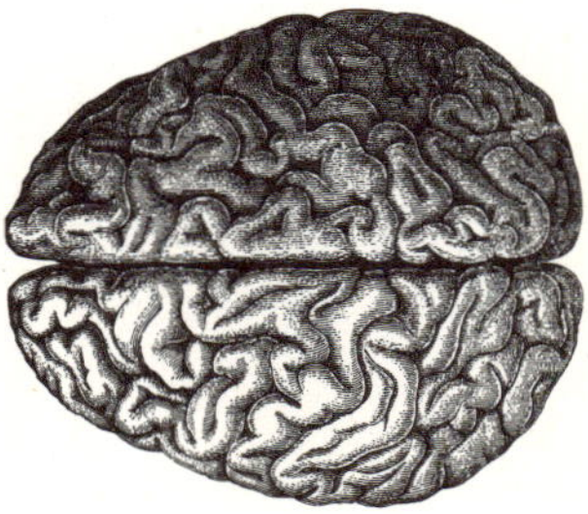

2

Gesamtlänge des Nasenhaars, das einem durchschnittlichen Menschen wächst, in Metern.

2

Der menschliche Magen muss alle 2 Wochen eine neue Schleimhaut ausbilden, weil er sich sonst selbst verdauen würde.

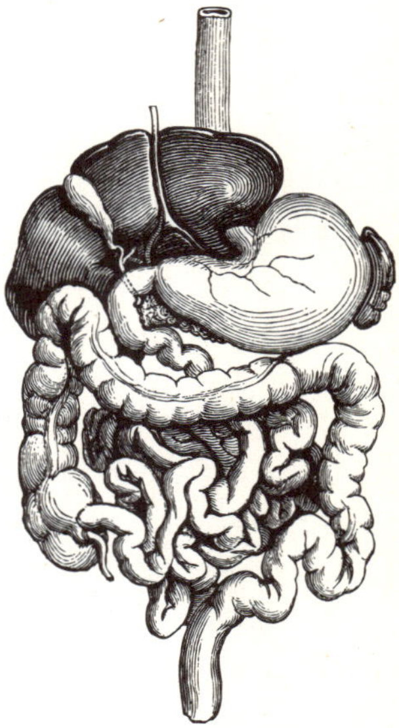

2,8
Schweißmenge in Litern, die ein Mann an einem durchschnittlichen Tag absondert.

3
Das Fruchtwasser, das ein Baby in der Gebärmutter umschließt, erneuert sich alle 3 Stunden vollständig.

3
Gewicht in Gramm, mit dem ein menschliches Haar belastet werden kann.

3
Anzahl der Farbrezeptoren im menschlichen Auge. Goldfische haben 4, Fangschreckenkrebse 10 Rezeptoren.

3
Anzahl der Schichten der menschlichen Haut.

4
Ungefähres Gewicht der Asche einer durchschnittlichen eingeäscherten Person in Kilogramm.

4
Fingernägel wachsen 4-mal schneller als Fußnägel.

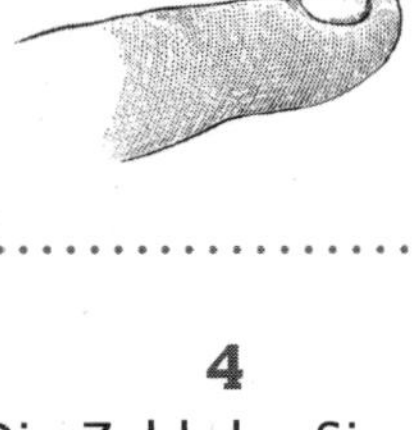

4
Die Zahl der Sinne, die stärker als der Geschmackssinn sind –

dem schwächsten der 5 Sinne.

4
Anzahl menschlicher Körperteile, deren Namen nur 3 Buchstaben lang sind: Ohr, Arm, Fuß, Zeh.

5
Durchschnittliche Lebensdauer einer menschlichen Wimper in Monaten.

6
Babys können gleichzeitig atmen und schlucken, bis sie 6 Monate alt sind.

6,8
Menge des Wasserstoffs in einem durchschnittlichen menschlichen Körper in Kilogramm.

7
Grammgewicht eines menschlichen Augapfels.

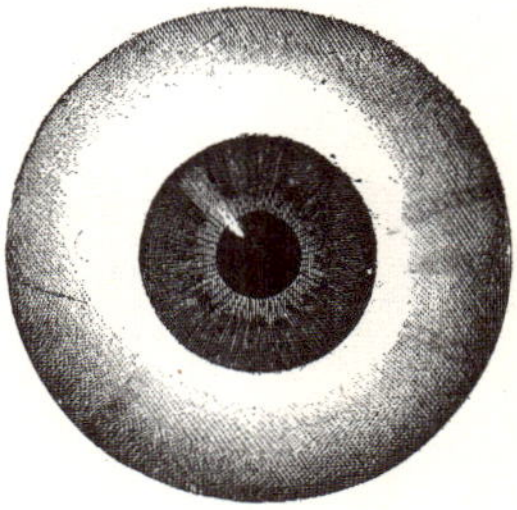

7
Im Durchschnitt erneuert sich eine Zelle des menschlichen Körpers alle 7 Jahre. Davon ausgenommen sind beispielsweise Gehirn- und einige Nervenzellen, aber auch diejenigen, die Haarfollikel bilden.

8
Prozentsatz des Körpergewichts, den das Blut ausmacht.

8
Zahl der Muskeln in der Zunge.

9
Das menschliche Herz pumpt mit einem Druck, der ausreicht, das Blut 9 Meter weit zu verspritzen.

9
Meterlänge des Verdauungstrakts.

10
Prozentsatz, um den das Gehirn eines durchschnittlichen Mannes schwerer ist als das Gehirn einer Frau. Männer haben auch 10 Prozent mehr rote Blutkörperchen.

12
Zahl der Tage, die der menschliche Körper benötigt, um alle Geschmacksknospen nachwachsen zu lassen.

12,7
Länge in Zentimetern, um die ein Bart im Jahr durchschnittlich wächst.

15
Wattzahl des elektrischen Stroms, der ausreichen würde, um das Herz stillstehen zu lassen.

15
Der Verlust von 15 Prozent der Körperflüssigkeit kann tödlich sein.

16
So viel Prozent beträgt der Anteil der Haut am

Gesamtgewicht eines Menschen.

17
Anzahl der Hüftmuskeln, die es in einem komplexen Zusammenspiel ermöglichen, eine Vielzahl von Bewegungen auszuführen.

17
Länge des Brustbeins in Zentimetern.

18,5
Zentimeterlänge des Hüftknochens – des Knochens, der die Hüfte mit dem Becken verbindet.

20
Wattzahl der Energie, die das Gehirn benötigt, um funktionieren zu können. Diese Energie ist ausreichend, um eine sehr schwache Glühbirne zum Leuchten zu bringen.

20
Prozentsatz des Sauerstoffs, der einem Körper insgesamt zur Verfügung steht, der von den Nieren verwendet wird.

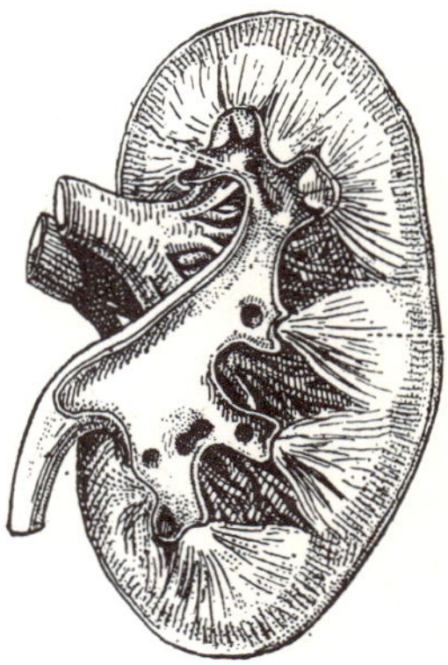

20
Zahl der Sekunden, die ein rotes Blutkörperchen benötigt, um durch den gesamten Körper zu kreisen.

25
Wenn alle Muskeln des menschlichen Körpers in dieselbe Richtung zögen, könnte er 25 Tonnen heben.

25
So viel Prozent des Körpergewichts eines neugeborenen Babys entfallen auf seinen Kopf.

25
Zahl der Muskeln, die wir zum Schlucken benötigen.

29
Zahl der Knochen im menschlichen Schädel.

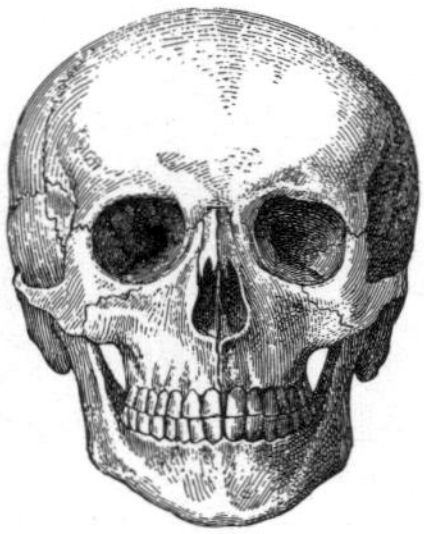

30
Gesamtlänge aller Augenwimpern, die ein Mensch im Laufe seines Lebens verliert, in Metern.

36,46
Zentimeterlänge eines durchschnittlichen menschlichen Oberarmknochens.

40
Ein Durchschnittsmann schwitzt 40 Prozent mehr als eine Durchschnittsfrau.

40
Gewicht der abgestorbenen Hautschuppen, die ein durchschnittlicher Mensch im Laufe seines Lebens verliert, in Kilogramm.

40,5
Zentimeterlänge eines durchschnittlichen Wadenbeins.

43
Zahl der Muskeln, die beteiligt sind, wenn wir die Stirn runzeln.

43,03
Zentimeterlänge eines durchschnittlichen Schienbeins.

46
Menschen haben 46 Chromosomen. Bei Erbsen sind es 14, bei Flusskrebsen 200.

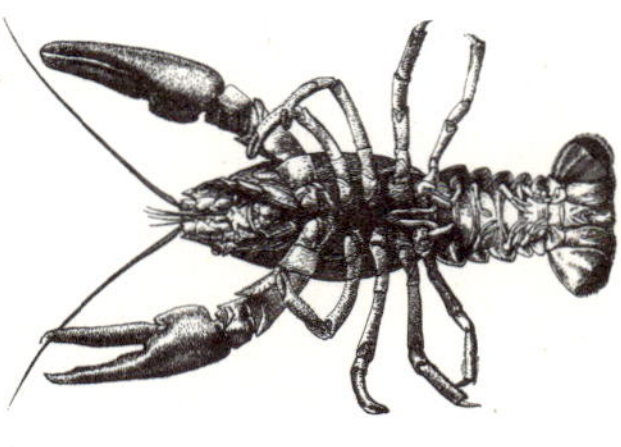

48
Wenn die körpereigenen Abwehrkräfte versagen würden, könnten die Darmbakterien einen Menschen innerhalb von 48 Stunden verdauen.

48
Durchschnittslänge des Oberschenkelknochens eines erwachsenen Mannes in Zentimetern.

54
Zahl der Muskeln, die beteiligt sind, wenn wir einen Schritt vorwärts machen.

56
Zahl der Tage, die vergehen müssen, bis ein herausgerissenes Haar nachwächst.

65
Zahl der Haare, die ein Mensch im Schnitt täglich verliert.

72
Zahl unterschiedlicher Muskeln, die ein Mensch zum Sprechen benötigt.

74,02
Länge der Nervenbahnen im erwachsenen menschlichen Körper in Kilometern.

98
Prozentsatz der Atome im menschlichen Körper, die im Laufe eines Jahres ausgetauscht werden.

121
Litermenge der Tränen, die ein Mensch im Laufe seines Lebens vergießt.

160
Beim Niesen stößt ein Mensch die Luft mit durchschnittlich 160 Stundenkilometern aus.

170
Geschwindigkeit in Meter pro Sekunde, mit der der Schmerz durch unseren Körper weitergeleitet wird.

200
Das durchschnittliche menschliche Sichtfeld hat einen 200-Grad-Winkel.

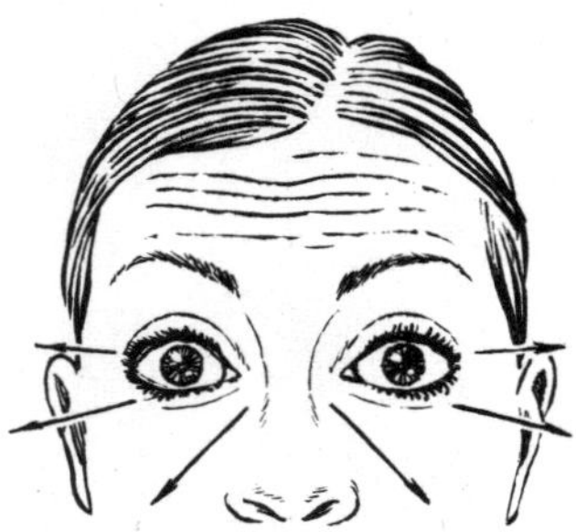

206
Zahl der Knochen eines erwachsenen Menschen. Bei seiner Geburt hat ein Kind 350 Knochen. Während es heranwächst, wachsen viele seiner Knochen mit anderen zusammen.

250
Anzahl der Schweißdrüsen auf einem Quadratzentimeter menschlicher Haut.

300
Zahl der Muskeln, die der menschliche Körper benutzt, wenn er sich stehend ausbalanciert.

450
Anzahl der Haare einer durchschnittlichen Augenbraue.

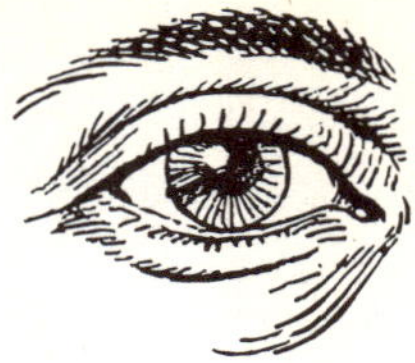

500
Zahl der Gene, die Frauen mehr haben als ihre männlichen Artgenossen. Sie sind der Grund, warum Frauen vor Gendefekten wie der Farbenblindheit oder der Bluterkrankheit geschützt sind.

500
Ein menschliches Auge kann ungefähr 500 Graustufen unterscheiden.

540
Zahl der Kalorien, die ein Erwachsener im Durchschnitt mit jedem Liter Schweiß verliert.

639
Zahl der Muskeln im menschlichen Körper.

900
Im Körper eines Menschen ist genug Kohlenstoff für 900 Bleistifte enthalten.

908,5
So viel Liter Luft atmen wir pro Stunde ein.

949,5
Gesamtlänge, die das menschliche Haar während einer durchschnittlichen Lebensspanne wächst, in Kilometern.

1.892
So viel Liter Blut reinigen unsere Nieren täglich.

2.200
Im menschlichen Körper ist genug Phosphor, um damit 2.200 Streichholzköpfe herzustellen.

9.000
Von den 10.000 Geschmacksknospen im menschlichen Mund befinden sich 9.000 auf der Zunge, die anderen sind am Gaumen oder in der Mundhöhle.

10.000
Menschen können bis zu 10.000 unterschiedliche Düfte wahrnehmen.

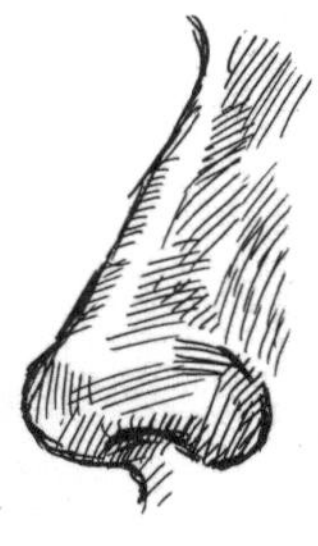

96.560
Gesamtlänge aller Adern im menschlichen Körper in Kilometern.

100.000
Anzahl der Haare auf dem Kopf einer Durchschnittsperson.

172.000
Auf der Haut der Achselhöhlen lassen sich bis zu 172.000 Bakterien pro Quadratzentimeter finden. Bei trockeneren Hautpartien sind es nur 4.000 Bakterien pro Quadratzentimeter.

250.000
Anzahl der Schweißdrüsen an menschlichen Füßen, die am Tag ganze 0,2 Liter Flüssigkeit schwitzen.

250.000
Anzahl der Runden, die rote Blutkörperchen durch den Körper drehen, bevor sie ins Knochenmark zurückkehren, um dort zu sterben.

700.000
Anzahl eigener Hautschuppen, die ein Mensch täglich einatmet.

2.000.000
Anzahl der Schweißdrüsen im menschlichen Körper.

2.000.000
Unsere Augen bestehen aus mehr als 2 Millionen funktionalen Bestandteilen.

5.000.000
Anzahl der roten Blutkörperchen in einem kleinen Tröpfchen Blut.

15.000.000
Anzahl der roten Blutkörperchen, die in jeder Sekunde im menschlichen Körper produziert und zerstört werden.

42.000.000
Anzahl der Herzschläge einer durchschnittlichen Person im Jahr.

86.000.000
Anzahl der Informations-Bits, die das menschliche Gehirn am Tag speichern kann.

100.000.000
Anzahl lichtempfindlicher Zellen in der Retina.

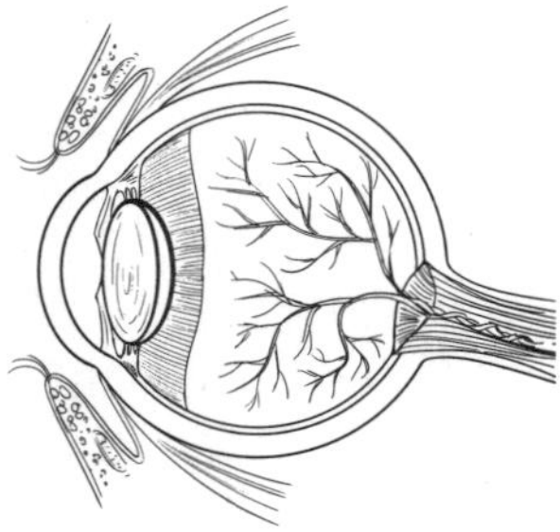

100.000.000.000
Zahl der Nervenzellen im menschlichen Gehirn.

Berühmtheiten

0

Keanu Reeves, Burt Reynolds und Geoffrey Boycott verbindet, was sie nicht mehr haben: ihre Milz. Sie wurde allen dreien entfernt.

0

Zahl der Tassen Kaffee, die Steven Spielberg in seinem ganzen Leben zu sich genommen hat.

1

Die Zahl der Abschlüsse, die Camilla, die Herzogin von Cornwall, in der Schule erreichte. Das britische O-Level entspricht in etwa einem Realschulabschluss.

1

Zahl der Schnürsenkel, die Filmregisseur David Lynch immer ungeknotet lässt.

1

Zahl der Nieren bei Mel Gibson. Er hat dank einer Fehlbildung, bei der beide Nieren miteinander verschmolzen sind, eine Hufeisenniere.

1

Häufigkeit, mit der sich John Grisham wöchentlich rasiert: sonntags vorm Kirchgang.

1

Zahl der Besuche von Elvis Presley in Großbritannien, geschehen 1960 auf dem Weg nach Deutschland. Er hatte einen Zwischenstopp auf dem Prestwick-Flughafen in Glasgow und gab ein paar Autogramme.

2

Zahl der Gefängnisaufenthalte Chuck Berrys: 1962, weil er »zum Zwecke der Unzucht« ein Mädchen über eine Staatsgrenze brachte, und 1979, weil er Einkommensteuer hinterzogen hatte.

2

Häufigkeit, mit der es der britische Schauspieler Paul Scofield ablehnte, sich zum Ritter schlagen zu lassen.

2

Häufigkeit, mit der die Schauspielerin Kate Beckinsale den britischen W. H. Smith Young Schriftstellerwettbewerb für Prosa und Lyrik gewann.

2

Die Zahl zusammengewachsener Zehen am linken Fuß von Ashton Kutcher.

2

Anzahl von Wochen, die Gary Oldman jünger als Gary Numan ist.

2

Die Zahl der Monate, die Ozzy Osbourne 1966 wegen eines Einbruches im Gefängnis saß.

3

Die Häufigkeit, mit der Jim Careys Labradorhündin Hazel jede Woche professionell massiert wird. Das Tier lebt in einem 20.000 Dollar teuren Hundehaus mit 3 Zimmern.

3

Die Häufigkeit, mit der sich Chers Eltern scheiden ließen und wieder heirateten – einander.

3

Die Zahl der Patente, die der US-amerikanische Boxchampion Jack Johnson hielt.

3

So viele Jahre war Samuel L. Jackson in der *Cosby Show* das Lichtdouble für Bill Cosby.

3

Zahl der Brustwarzen von Mark Wahlberg. In der Unterwäschewerbung von Calvin Klein, die ihn berühmt gemacht hat, wurde eine davon wegretuschiert.

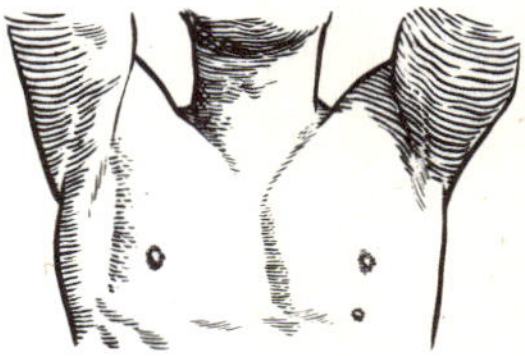

3

Zahl der Tage, die Zsa Zsa Gabor 1989 im Gefängnis verbrachte, weil sie einen Polizisten geohrfeigt hatte.

3
Die Schauspielerin Selma Hayek flog in Louisiana vom Internat, weil sie die Wecker 3 Stunden zurückgestellt hatte.

4
Die Zahl der Schulen, die der britische Rapper Dizzee Rascal im Verlauf von 5 Jahren verlassen musste. Und selbst in der letzten Schule warf man ihn aus jedem Kurs – außer dem Musikunterricht.

4
Die Stundenzahl, die Missy Elliot täglich für ihr Haar aufwendet.

4
Anzahl der Gründe, warum Stephen King beim Militär durch die Musterung fiel: Plattfüße, Fehlsichtigkeit, hoher Blutdruck und ein punktiertes Trommelfell.

4
Zahl der Ehen, die der *Frühstück bei Tiffany*-Schauspieler Mickey Rooney in Las Vegas schloss.

4
Zahl der Lebensjahre, die vergingen, bis Albert Einstein als Kind das Sprechen lernte.

4
Zahl der Jahre, in denen die legendäre Sängerin Edith Piaf aufgrund einer Entzündung der Augenhornhaut blind war (vom dritten bis zum siebten Lebensjahr).

4
Clark Gable duschte mehr als 4-mal täglich.

4
Länge der Gefängnisstrafe in Jahren, zu welcher der konservative britische Politiker und Schriftsteller Lord Jeffrey Archer im Jahre 2011 wegen Meineides und Behinderung der Justiz verurteilt wurde.

5
Zahl der Jahre, die James Brown im Gefängnis saß: 1988 für 2 Jahre wegen Körperverletzung und dem Tragen einer Schusswaffe, nachdem er bereits als Teenager wegen Diebstahls 3 Jahre hatte einsitzen müssen.

5
Die Zahl der Söhne, die Boxer George Foreman auf den Namen George taufte.

5
Zahl der Oktaven, die Mariah Careys Stimme umfasst.

6
Die Zahl von Fingern an jeder Hand, mit denen Bondgirl Gemma Arterton und der barbadische Kricketspieler Sir Garfield Sobers geboren wurden.

6

Zahl der Fernseh-bildschirme in Ice Cubes SUV, Typ Lincoln Navigator.

6

Die Zahl der Zehen, die der berühmte Dart-spieler Eric Bristow an einem seiner Füße hat.

6

Kurt Cobain kaufte einmal 6 Schildkröten und ließ sie in einer Badewanne in der Mitte seines Wohnzimmers leben. Als der Geruch zu schlimm wurde, bohrte er zusammen mit einem Freund ein Loch als Abfluss in den Boden.

7

Die Zahl von Zwergen, die Iggy Pop einmal anforderte, damit sie ihn auf die Bühne begleiteten.

8

Die Jahre, die es dauerte, bis Stephen Hawking lesen konnte.

8

Die Summe an Dollars, die Axl Rose für ein wissenschaftliches Experiment an der UCLA pro Stunde verdiente. Seine Aufgabe war es lediglich, Zigaretten zu rauchen.

9

Die Zahl von Tagen, die Sir Paul McCartney 1980 wegen Drogenbesitzes in einem japanischen Gefängnis saß.

9
Die Zahl der Geschwister der britischen Sängerin Susan Boyle.

11
Zahl der Geschwister von Country-Star Dolly Parton.

11
Anzahl der Verhaftungen des Stand-up-Comedians und Schauspielers Russell Brand.

12
Zahl der Geschwister, die der berühmte US-amerikanische Sänger Perry Como hatte. Er war darüber hinaus der siebte Sohn eines siebten Sohnes.

13
Die Zahl der Brüder und Schwestern, mit denen Céline Dion aufwuchs.

14
Die Zahl der Schulen, aus denen Sylvester Stallone innerhalb von 11 Jahren herausgeworfen wurde.

14
Die Zahl der Geschwister des *Spiel mir das Lied vom Tod*-Schauspielers Charles Bronson.

16
Die Sängerin und Songwriterin Dido ließ einmal 16 Gläser Weißwein und ein Tablett auf den Schriftsteller Stephen Fry fallen, als sie im *Café Flo* in London kellnerte.

17
Die Zahl der Gefängnistage, zu denen Sophia Loren 1982 wegen Steuerhinterziehung verurteilt wurde.

19
So viel Liter Wasser ließ Julio Iglesias einmal von Miami nach Los Angeles fliegen, um sein Haar damit zu waschen.

27
Zahl der Kinder, die der Vater des Profiboxers Evander Holyfields zeugte.

27
Mel Gibson stellte einen Schulrekord als Empfänger der meisten Prügelstrafen im Laufe einer einzigen Woche auf: 27.

45
Zahl der Tage, die Mark Wahlberg mit 16 wegen seiner Beteiligung an einem Raub im Knast absitzen musste.

56
Anzahl der Locken, die Shirley Temple von Natur aus hatte. Die restlichen Haare wurden ihr vor Drehbeginn auf Wickler gedreht.

80
Prozentsatz der Hörfähigkeit, die Halle Berry auf dem rechten Ohr verlor, nachdem ihre Jugendliebe sie geschlagen hatte.

100

Die Moderatorin Oprah Winfrey war als Teenager ein echter Wildfang. Entweder sie machte Ärger, oder sie riss aus. Als ihr einmal in Milwaukee, Wisconsin, das Geld ausging und sie eine prächtige Limousine vor einem Hotel anhalten sah, fasste sie einen Plan. Sie ging zu dem Auto, in dem zufällig Aretha Franklin saß, und erzählte der Sängerin, dass ihre Eltern sie rausgeschmissen hätten und sie nun Geld für ein Busticket zu ihren Verwandten nach Ohio brauche. Aretha gab ihr 100 Dollar, die Oprah noch am selben Tag auf den Kopf haute.

180

Intelligenzquotient des Schauspielers James Woods, der damit weit über den Aufnahmeanforderungen von MENSA liegt.

303

Katie Melua gab das tiefste Unterwasserkonzert der Welt auf der Statoil-Troll-A-Platform in der Nordsee, 303 Meter unter dem Meeresspiegel.

360

Um so viel Grad kann *Harry Potter*-Star Daniel Radcliffe seinen Arm drehen.

400

Schauspielerin Melissa Joan Hart kann die Zahl Pi mit 400 Dezimalstellen aufsagen.

500
Penelope Cruz hat eine Sammlung von über 500 Kleiderbügeln.

1.390
Zahl der Minuten, in denen Country-Musiker Garth Brooks 1996 beim CMA-Music-Festival Autogramme gab, ohne auch nur eine einzige Pause zu machen.

2.000
Präsident Jimmy Carter (1977–1981) hatte besondere Fähigkeiten im Schnelllesen. Bei einem Test stellte sich heraus, dass er bei einer Geschwindigkeit von 2.000 Wörtern pro Minute 95 Prozent des Textes verstand.

6.126
Der Name von Lindsay Lohans Modelabel.

25.000
Dollarsumme, die William »Captain Kirk« Shatner bei einer Wohltätigkeitsauktion für einen Nierenstein bekam, den er versteigerte.

50.000
Die Zahl der Dollars, die der US-amerikanische Komiker W. C. Fields während des Zweiten Weltkrieges in Deutschland deponierte – »für den Fall, dass der kleine Bastard siegt«.

100.000
Die Pfundsumme, die die Eltern von Catherine Zeta-Jones einmal bei einem

Bingospiel gewannen (etwa 125.000 Euro).

174.517
Die Nummer des jüdisch-italienischen Schriftstellers Primo Levi im Konzentrationslager Auschwitz, die sich der US-amerikanische Aktions- und Zauberkünstler David Blaine ihm zu Ehren auf den linken Unterarm tätowieren ließ.

300.000
Dolly Parton ließ ihre Brüste für 300.000 Dollar das Stück versichern.

600.000
Mariah Carey kaufte bei einer Auktion Marilyn Monroes Kinderklavier für mehr als 600.000 Dollar.

1.000.000
Keith Richard versicherte den dritten Finger seiner linken Hand für 1 Million britische Pfund (etwa 1,25 Millionen Euro).

5.000.000
Bruce Springsteen hat seine Stimme für 5 Millionen Dollar versichert.

1.000.000.000
Jennifer Lopez versicherte einst ihren Körper für 1 Milliarde Dollar.

Musik

0

Die Zahl der Zugaben, die Elvis Presley während seiner Karriere gab.

0

Die Zahl der Wochen, in denen die folgenden Songs in den britischen Top 20 platziert waren:
Angel Of The Morning (P. P. Arnold)
Year Of The Cat (Al Stewart)
What a Fool Believes (The Doobie Brothers)
Someone Saved My Life Tonight (Elton John)
We've Only Just Begun (The Carpenters)
Stop Your Sobbing (The Pretenders)
Last Train to Clarksville (The Monkees)
I Don't Believe In Miracles (Colin Blunstone)
Wouldn't It Be Nice (The Beach Boys)

1

Zahl der Songs aus der Feder von Larry Williams, einem Roady bei Neil Diamond, die tatsächlich für eine Schallplatte eingespielt wurden. Allerdings von den Bellamy Brothers: *Let Your Love Flow.*

2

Die Zahl der Finger, die Django Reinhardt an der rechten Hand fehlten. Trotzdem wurde er einer der größten Gitarristen aller Zeiten.

2

Anzahl der Tenöre des 20. Jahrhunderts, die auf einer Platte imstande waren, das E über dem hohen C zu singen: Enrico Caruso und Roy Orbison.

2

Höchste Platzierung, die die folgenden Titel jemals in den britischen Charts erreichten:
Brown Sugar (The Rolling Stones)
Golden Brown (The Stranglers)
The Jean Genie (David Bowie)
Delilah (Tom Jones)
Lazy Sunday (Small Faces)
In the Air Tonight (Phil Collins)
Oliver's Army (Elvis Costello and the Attractions)
God Only Knows (The Beach Boys)
When a Man Loves a Woman (Percy Sledge)
In the Ghetto (Elvis Presley)

3

Zahl der Gershwin-Songs, in denen der Satz »Who could ask for more?« vorkommt:
I Got Rhythm
Nice Work if You Can Get It
I'm About to Be a Mother

3

Zahl der Künstler, die mit dem Song *Spirit in the Sky* einen Nummer-1-Hit in Großbritannien landeten:
Norman Greenbaum (1970)
Doctor & the Medics (1986)
Gareth Gates ft. The Kumars (2003)

3
Die Zahl aufeinanderfolgender Nummer-1-Weihnachtshits der Spice Girls:
1996: *2 Become* 1
1997: *Too Much*
1998: *Goodbye*

3
Häufigkeit, mit der der Titel *Do They Know It's Christmas?* auf Platz 1 der britischen Hitparade landete: 1984, 1989 und 2004.

4
Bei den Grammy-Awards 2010 gewann Taylor Swift 4 Grammys – mehr als Elvis in seiner ganzen Laufbahn.

5
Sir Cliff Richard schaffte es, in 5 verschiedenen Jahrzehnten eine Nummer 1 in den britischen Single-Charts zu platzieren: in den Fünfziger-, Sechziger-, Siebziger-, Achtziger- und Neunzigerjahren.

5
Am 4. April 1964 belegten die Beatles die ersten 5 Plätze der US-amerikanischen Billboard-Single-Charts. Bis heute sind sie die einzige Band, der jemals ein solcher Erfolg gelang.

6
Karen Carpenters Türglocke schlug die ersten 6 Noten von *We've Only Just Begun*.

6
Länge der längsten Opernaufführung,

die jemals am Royal-Opera-House aufgeführt wurde, in Stunden: Richard Wagners *Götterdämmerung.*

7

Anzahl der Länder, die beim ersten Grand Prix Eurovision de la Chanson, heute Eurovision Song Contest, mitmachten.

Er fand am 24. Mai 1956 in Lugano/Schweiz statt. Jedes Land stellte 2 Songs vor – es war das einzige Mal, dass so etwas vorkam. Das Gastgeberland siegte.

10

Die Minutenzahl, die George Gershwin und Irving Caesar benötigten, um den Song *Swanee* zu schreiben, der sich 1919 über 2 Millionen Mal verkaufte, nachdem Al Jolson ihn eingespielt hatte.

19

Die Zahl der Ungarischen Rhapsodien, die Franz Liszt geschrieben hat.

24

Die Zahl aufeinanderfolgender Top-5-Singles, die Elvis in den USA veröffentlichte. Seine Erfolgsserie endete 1962 mit *Return to Sender*.

29

Nummer des Bahnsteigs, von dem aus man in dem Song *Chattanooga Choo Choo* von 1941 den Zug besteigen konnte.

30

Die Zahl der Künstler, die den Song *Bye Bye Love* ablehnten, bevor ihn die Everly Brothers auf Schallplatte herausbrachten. Es wurde ihr erster großer Hit.

47

Die Zahl der Saiten einer Harfe.

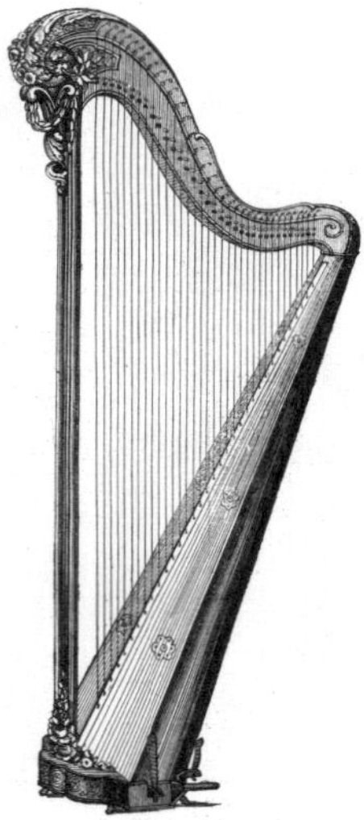

50

So viele Möglichkeiten gibt es, seinen Lover zu verlassen – Paul Simon zufolge.

60
Zahl der Sänger bei The Drifters.

76
Zahl der Posaunen, die die große Parade im Musical *The Music Man* anführten.

88
Zahl der Tasten eines Klaviers.

104
Die Anzahl der Symphonien, die Haydn komponierte.

120
Zahl der Stunden, die man brauchen würde, um Beethovens Gesamtwerk zu spielen.

165
Die (Rekord-)Zahl an vor den Vorhang treten für Luciano Pavarotti 1988 nach seinem Auftritt als Nemorino in Donizettis *Liebestrank* in Berlin. Der nicht enden wollende Applaus dauerte geschlagene 67 Minuten.

175
Anzahl der Stunden Musik, die Johann Sebastian Bach komponierte.

273
Die Anzahl der Sekunden Stille in John Cages Komposition *4'33*.

447
Dauer der kürzesten Oper, die jemals veröffentlicht wurde (*Der befreite Theseus* von Darius Milhaud), in Sekunden.

461
Am 14. Februar 1977 bekam die Sängerin und Songwriterin Janis Ian 461 Valentinskarten. Sie hatte 2 Jahre zuvor den Song *At Seventeen* herausgebracht, in dem die Zeile »the valentines I never knew« vorkommt.

4.000
Geschätzte Zahl der Schlaglöcher auf den Straßen von Blackburn, Lancashire, die im Song *A Day in the Life* der Beatles besungen werden.

Kunst & Literatur

1
Zahl der Shakespeare-Werke, in denen keine Lieder vorkommen: *The Comedy of Errors*, dt. *Die Komödie der Irrungen*.

1
Anzahl der Literaturnobelpreisträger, die im jährlich im Vereinigten Königreich erscheinenden Nachschlagewerk über den Cricketsport, *Wisden Cricketers' Almanack*, Aufnahme fanden: Samuel Beckett spielte mit einer erstklassigen Aufstellung 1926 für die Universität von Dublin gegen Northamptonshire mit einer Punktezahl von 18 und 12.

1
Die Zahl der großen Romane, die Kenneth Grahame verfasste: *The Wind in the Willows*, dt. *Der Wind in den Weiden*.

1
Anzahl der Flaschen Tinte, die Victor Hugo verbrauchte, um *Der Glöckner von Notre-Dame* zu schreiben.

1
Die Zahl der Romane, die Emily Brontë schrieb: *Wuthering Heights*, dt. *Sturmhöhe.*

1
Zahl der Romane, die Harper Lee verfasste: *To Kill a Mockingbird*, dt. *Wer die Nachtigall stört*.

1
Die Zahl der Romane von Margaret Mitchell: *Gone with the Wind*, dt. *Vom Winde verweht*.

1
Zahl der Hunde in allen Stücken Shakespeares: Crab in *Zwei Herren aus Verona*.

1
Zahl der Skulpturen, die Michelangelo signierte: die *Pietà*, vollendet 1500.

1
Anzahl der Bilder, die Vincent van Gogh zu Lebzeiten verkaufte.

2
Die Zahl der Menschen, die den Schriftsteller von *Der dritte Mann*, Graham Greene, übertrafen, als es bei einem Wettbewerb der Zeitschrift *The Spectator* darum ging, seinen Stil zu parodieren. Der Autor selbst nahm an dem Wettbewerb teil und wurde Dritter.

3

Mit Röntgentechnik konnte nachgewiesen werden, dass es unter der sichtbaren *Mona Lisa* noch 3 andere Versionen von ihr gibt.

4

Die Zahl der Shakespeare-Stücke, in denen Geister vorkommen: *Julius Cäsar*, *Richard III.*, *Hamlet* und *Macbeth*.

4

Zahl der zu Lebzeiten veröffentlichten Gedichte Emily Dickinsons, die insgesamt 900 Gedichte verfasste.

4

Alles, was auf 4 Beinen geht oder Flügel hat, ist in George Orwells *Farm der Tiere* ein Freund.

5

Die Zahl der Schreibtische, die Schriftsteller Ted Hughes in seinem Arbeitszimmer hatte.

6

Nach dem Diebstahl von Leonardo da Vincis *Mona Lisa* 1912 wurden in den folgenden 3 Jahren 6 Kopien als Originale verkauft, bevor das echte Bild wiederentdeckt wurde.

7

Die Zahl der Abschriften, die Leo Tolstois Frau per Hand von seinem Manuskript des Romans *Krieg und Frieden* anfertigte.

9
Die Zahl der Höllenkreise in Dantes *Göttlicher Komödie*.

10
Die Zahl der Beine der 4 Mädchen in Edgar Degas' Gemälde *Spartanische Mädchen fordern Jungen zum Wettkampf*.

13
So oft schlagen die Uhren im ersten Satz von George Orwells Roman *1984*.

14
Anzahl der Küsse in den gesammelten Romanen Jane Austens: 3 zwischen einem Mann und einer Frau, 4 zwischen Frauen, 2-mal küssten Frauen Kinder, 4 Küsse galten Händen, und einmal küsst ein Mann eine abgeschnittene Haarlocke.

15
Die Zahl der Männer auf eines toten Mannes Brust in Robert Louis Stevensons *Schatzinsel*.

17
Silbenzahl in einem Haiku.

18
Der Titel von Joseph Hellers Roman *Catch-22* lautete ursprünglich *Catch-18*.

20

Die Zahl der Jahre, die der Bauer Rip Van Winkle in der gleichnamigen Erzählung schlief.

20

Der Titel von Peter Benchleys Bestsellerroman *Jaws* (dt. *Der Weiße Hai*) wurde erst 20 Minuten vor Produktionsbeginn entschieden.

35

Dauer des kürzesten Bühnenstückes in Sekunden: Samuel Becketts *Breath*, dt. *Atem*.

37

Zahl der Bühnenstücke, die Shakespeare geschrieben hat.

40

Zahl der Räuber, denen Ali Baba begegnete.

47

Zahl der Tage, die das Bild *Le Bateau* von Henri Matisse im Jahre 1961 in einer Ausstellung im New Yorker Museum of Modern Art verkehrt herum hing, bis ein Kunststudent den Irrtum bemerkte.

50

Anzahl der Exemplare des Romans *Moby Dick*, die zu Lebzeiten des Verfassers Herman Melville verkauft wurden.

57
Die Zahl der Jahre, die die legendäre französische Schauspielerin Sarah Bernhardt älter war als die Figur der Julia Capulet in *Romeo und Julia*, als sie diese mit 70 auf der Bühne darstellte.

59
Die Zahl der Geschichten Enid Blytons, die im Jahr 1959 veröffentlicht wurden.

90
Geschätzte Mindestzahl der Selbstporträts von Rembrandt.

117
»In der Pan-Am-Maschine nach Wien befanden sich hundertsiebzehn Psychoanalytiker, und mindestens sechs von ihnen hatten mich behandelt.« (Erste Zeile von *Fear of Flying*, dt. *Angst vorm Fliegen* von Erica Jong)

142
So viele Treppenhäuser gibt es in der Hogwarts-Schule in den *Harry Potter*-Romanen.

156
Zahl der Märchen von Hans Christian Andersen.

237
Zahl der Zeilen im Theaterstück *Othello*, die Jago (1.097 Zeilen) mehr hat als Othello (860 Zeilen).

1.614
Zahl der Textzeilen Falstaffs in den Dramen *Heinrich IV.* (beide Teile)

und *Die Lustigen Weiber von Windsor* – die meisten Zeilen, die eine Figur bei Shakespeare spricht. Hamlet hat im *Hamlet* 1.422 Zeilen – womit dies die längste Rolle in einem einzigen Drama Shakespeares ist.

6.000

Alfred Lord Tennyson schrieb mit gerade einmal 12 Jahren ein 6.000 Worte umfassendes Versepos.

8.000

Die Zahl unterschiedlicher Worte, die John Milton in *Paradise Lost* (dt. *Das verlorene Paradies*) benutzt.

13.955

Anzahl der Worte im längsten Satz der Literatur. Er kommt im Roman *The Rotters' Club* (dt. *Erste Riten*) von Jonathan Coe vor.

17.677

Die Zahl unterschiedlicher Worte, die Shakespeare benutzte.

Film & Fernsehen

1

Jessie Royce war ein Jahr jünger als Cary Grant, als sie in dem Hitchcock-Klassiker *North By Northwest* (1959, dt. *Der unsichtbare Dritte*) seine Mutter spielte.

1

Zahl der Schauspieler aus dem Ensemble der Sitcom *Dad's Army* über die British Home Guard, die wirklich bei der Heimwehr im Zweiten Weltkrieg gedient haben: John Laurie.

1

Zahl der Preisträgerinnen des Golden Globe Awards für »Die glamouröseste Schauspielerin«: Zsa Zsa Gabor bekam den Preis 1958, die Kategorie wurde danach aber gestrichen.

1

Die Anzahl aller an den Verfilmungen von *Herr der Ringe* beteiligten Schauspieler und Produktionsmitarbeiter, die J. R. R. Tolkien persönlich begegneten: Christopher Lee.

1

Im Abspann des Films *The Bridge on the River Kwai* (1957, dt. *Die Brücke am Kwai*) wird der Name von Alec Guinness, der für die Rolle einen Oscar erhielt, nur mit einem »N« geschrieben.

1

Anzahl der Soundtracks, deren Verkaufserfolg den des dazugehörigen Films übertrafen: *Superfly* (1972).

2

So oft schaute sich Adolf Hitler den Film *Der große Diktator* (1940) von Charlie Chaplin an. Er hatte den Streifen verboten, war aber neugierig darauf gewesen. Deshalb ließ er eine Kopie davon aus Portugal nach Deutschland schmuggeln und sah ihn nicht nur einmal, sondern 2-mal.

2

Die Zahl abendfüllender Zeichentrickfilme von Disney, bei denen beide Elternteile während des ganzen Films anwesend und am Leben sind: *101 Dalmatiner* (1996) und *Peter Pan* (1953).

2

Zahl der Schauspieler, die die Rolle des Captain Mainwaring in der britischen Sitcom *Dad's Army* ablehnten. Arthur Lowe wurde erst engagiert, nachdem Thorley Walters und Jon Pertwee die Rolle ausgeschlagen hatten.

3

Zahl der Patienten, die in jeder Folge von *Dr. Kildare* auftauchen.

3

Die Fingerzahl von nahezu jeder tierischen Figur in Zeichentrickfilmen. Ein Filmzeichner erklärt das wie folgt: »In der Anfangszeit des Zeichentrickfilms, als noch alles per Hand gezeichnet wurde, mussten die Zeichner Tausende von Bildern zeichnen, weshalb es einfacher war, Figuren mit 3 Fingern zu haben, anstatt mit 4 oder 5. Man sollte auch nicht vergessen, dass Zeichentrick in der Anfangszeit nicht sehr ausgefeilt war. Man versuchte nicht, ganz präzise zu sein, sondern wollte die Figur nur allgemein charakterisieren.«

5

So oft wurde Francis Ford Coppola gefeuert, während er Regie bei *Der Pate* (1972) führte.

9

Die Zahl der Kilogramm, die Beyoncé Knowles verlor, um Deena Jones in dem Film *Dreamgirls* (2006) spielen zu können.

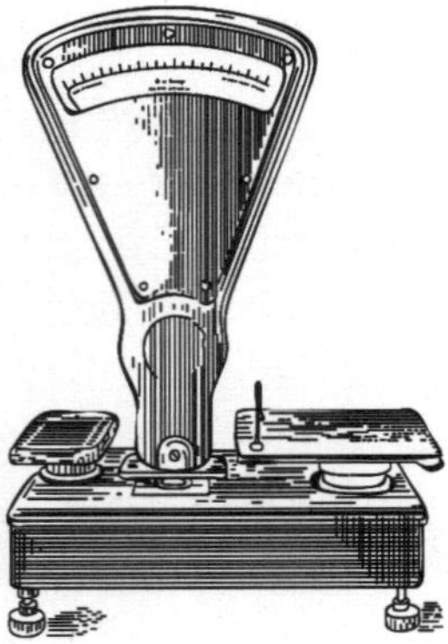

9

Die Anzahl der Kilos, die Natalie Portman abspeckte, um im Film

Black Swan (2010) die Rolle der Nina Sayers spielen zu können.

9

In *Die Simpsons* hat Barts Haar genau 9 Zacken.

13,6

Die Zahl der Kilos, die Edward Norton zulegte, um Derek Vinyard in *American History X* (1998) zu spielen.

13,6

Charlize Theron futterte sich 13,6 Kilogramm an, um Aileen Wuornos im Film *Monster* (2003) spielen zu können.

13,6

Die Zahl der Kilogramm, die Taylor Lautner zunahm, um noch einmal Jacob Black im Film *The Twilight Saga: New Moon* (2009, dt. *New Moon – Bis(s) zur Mittagsstunde*) darzustellen.

13,6

Matt Damon nahm für die Rolle des Mark Whitacre im Film *The Informant* (2009) 13,6 Kilogramm zu.

15,57

Gewichtszunahme in Kilogramm von George Clooney für die Rolle des Bob Barnes im Film *Syriana* (2005).

19
Die Zahl der Kilos, die Tom Hardy zulegen musste, um Charles Bronson im Film *Bronson* (2008) darzustellen.

22
Im Logo der Paramount sind 22 Sterne zu sehen.

22,6
Zahl der Kilogramm, die Tom Hanks abnahm, um Chuck Noland in *Cast Away* (2000, dt. *Cast Away – Verschollen*) zu spielen.

22,6
Für die Rolle der Winnie Madikizela-Mandela im Film *Winnie Mandela* (2011) verlor Jennifer Hudson 22,6 Kilogramm.

24
Die Anzahl von Kilogramm, die 50 Cents abmagerte, um Deon im Film *All Things Fall Apart* (2011) zu spielen.

25
Die Summe in Pfund, die Peter Sellers dafür bekam, den verschiedenen Schimpansen im Werbespot des Teeherstellers PG Tips eine Stimme zu verleihen. Das sind etwa 30 Euro.

27
Die Zahl der Kilos, die Robert De Niro zulegte, um im Film *Raging Bull* (1980, dt. *Wie ein wilder Stier*) die Rolle des Jake LaMotta spielen zu können.

28
Anzahl der Kilos, die Christian Bale für den Film *The Machinist* (2004, dt. *Der Maschinist*) verlor. Gleich danach legte er doppelt so viele Kilogramm zu, um Bruce Wayne alias Batman in *Batman Begins* (2004) darzustellen.

28,5
Zahl der Kilos, die Russell Crowe zunehmen musste, um Ed Hoffmann in *Body of Lies* (2008, dt. *Der Mann, der niemals lebte*) zu verkörpern.

32
Zahl der Kilogramm, die Vincent D'Onofrio zunahm, um den Gefreiten Leonard »Paula« Lawrence in *Full Metal Jacket* (1987) zu spielen.

45
Länge des Affenmodells bei der Verfilmung von *King Kong* (dt. *King Kong und die weiße Frau*) im Jahre 1933 in Zentimetern.

47
Die Zahl der Ferkel, die bei der Verfilmung von Babe (1995, dt. *Ein Schweinchen namens Babe*) eingesetzt wurden.

50

Anzahl der hartgekochten Eier, die die von Paul Newman dargestellte Person im Film *Cool Hand Luke* (1967, dt. *Der Unbeugsame*) verzehrt.

67

Die Zahl der Jahre, die der Schauspieler David Manners lebte, ohne sich den Film *Dracula* (1931) anzuschauen, bei dem er an der Seite Bela Lugosis mitgespielt hatte.

73

Die Zahl der Schauspieler, die für ihr Kinodebüt mit einer Oscarnominierung geehrt wurden.

79

Anzahl der Episoden in der originalen *Star-Trek*-Serie. In der Pilotfolge *The Cage* wird der Captain namens Christopher Pike von Jeffrey Hunter gespielt. Als die Fernsehserie grünes Licht bekam, schlug Hunter das Angebot aus weiterzuspielen. (Es geht das Gerücht, seine Frau habe ihm davon abgeraten.) An seiner Stelle wurde William Shatner engagiert, dem man die Rolle des Captain Kirk ins Drehbuch schrieb.

80

Die Zahl der Zigaretten, die Vivien Leigh während der Aufnahmen für *Gone with the Wind* (1936, dt. *Vom Winde verweht*) täglich rauchte. Clark Gable rauchte »nur« 60 am Tag.

185
Die Anzahl von Sekunden, die der längste Filmkuss dauerte. Der Film hieß *You're in the Army Now* (1941, dt. *Schrecken der zweiten Kompanie*), und die Küssenden waren Jane Wyman (Ronald Reagans erste Frau) und Regis Toomey.

191
Zahl der Küsse, die John Barrymore 1926 in dem Film *Don Juan* mit verschiedenen Frauen tauschte. Das geschah noch vor der Veröffentlichung des Hays Code, der für mehr als 30 Jahre »exzessives und lustvolles Küssen« von der Leinwand verbannte.

262
So oft fluchte Eddie Murphy in *Harlem Nights* (1989).

400
Die Zahl der Schauspielerinnen, mit denen Probeaufnahmen für *Vom Winde verweht* gemacht wurden. Sie stellten eine Auswahl aus 1.400 Kandidatinnen dar, mit denen Vorgespräche geführt worden waren. Dazu zählten: Lana Turner, Bette Davis, Norma Shearer, Lucille Ball, Tallulah Bankhead, Claudette Colbert, Katharine Hepburn, Joan Crawford, Loretta Young, Jean Harlow und Carole Lombard. Aller-

dings wurden nur mit Paulette Goddard und Vivien Leigh Probeaufnahmen in Farbe gedreht.

742

Die Hausnummer in der Evergreen Terrace in Springfield, wo die Simpsons, leben. Niemand weiß, wo Springfield, die Heimatstadt der Simpsons, liegt, und die Drehbuchautoren erlauben sich oft einen Spaß mit den Zuschauern. In einer Episode zum Beispiel bestellt Marge am Telefon etwas. Als man sie nach ihrer Adresse fragt, antwortet sie: »742 Evergreen Terrace, Spingfield, Ohi...« Dann unterbricht sie sich und sagt: »Oh, hi Maude.« Die Rede ist von Maude Flanders, die plötzlich in Marges Küche auftaucht.

2.211

Die Nummer auf Dirty Harrys Dienstmarke.

4.077

Die Nummer des Mobilen Feldlazaretts (Mobile Army Service Hospital) in der TV-Serie *M*A*S*H*.

8.000

Die (größte) Anzahl von Pferden, die man für King Vidors Filmepos *War and Peace* (1956, dt. *Krieg und Frieden*) zusammenbrachte.

20.000
Die bestbezahlten tierischen Darsteller sind Bären, die bis zu 20.000 Dollar verdienen können.

24.601
Die Gefängnisnummer Tingeltangel-Bobs, einer Nebenfigur in *Die Simpsons.* Es ist die gleiche wie die Gefängnisnummer von Jean Valjean in *Les Misérables*.

233.500
Der Preis in Dollar, den der Schlitten mit dem Namen Rosebud aus dem Film *Citizen Kane* (1941) bei einer Auktion erzielte.

398.500
Die Dollarsumme, die für die Skulptur *Der Malteser Falke* aus dem gleichnamigen Film (1941, *The Maltese Falcon*, dt. *Die Spur des Falken)* bei einer Auktion geboten wurde.

666.000
Die Dollarsumme, für die Dorothys rote Schuhe aus *The Wizard of Oz* (1939, dt. *Der Zauberer von Oz*) bei einer Auktion unter den Hammer kamen.

30.150.000

Die Zahl der Zuschauer, die 1986 anlässlich der Weihnachtsfolge der britischen Fernsehserie *EastEnders* den Fernseher einschalteten.

193.000.000

Die Summe in Dollars, die es teurer war, 1997 einen Film über die Titanic zu drehen, als sie tatsächlich zu bauen.

248.000.000

Einspielergebnis des Films *The Blair Witch Project* (1999), dessen Herstellungskosten lediglich 22.000 Dollar betrugen. Im Verhältnis Produktionskosten zu Umsatzerlös hatte der Film damit das beste Ergebnis aller Zeiten.

Oscars

0

Anzahl der Oscars für Gene Kelly, Steve McQueen, Cary Grant, Glenn Ford, James Mason, Anthony Quayle, Montgomery Clift, Kirk Douglas, Greta Garbo, Barbara Stanwyck, Lana Turner, Judy Garland, Lee Remick, Natalie Wood, Rita Hayworth und Gloria Swanson.

0

Anzahl der von diesen Filmklassikern gewonnenen Oscars:

Bad Day at Black Rock (1955, dt. *Stadt in Angst*)

The Sixth Sense (1999)

Taxi Driver (1976)

The Elephant Man (1980, dt. *Der Elefantenmensch*)

Being John Malkovich (1999)

Brief Encounter (1946, dt. *Begegnung*)

The Talented Mr. Ripley (1999, dt. *Der talentierte Mr. Ripley*)

To Be or Not to Be (1942, dt. *Sein oder Nichtsein*)

Deliverance (1972, dt. *Beim Sterben ist jeder der Erste*)

The Magnificent Ambersons (1942, dt. *Der Glanz des Hauses Amberson*)

I Am a Fugitive from a Chain Gang (1932, dt. *Jagd auf James A.*)

The Shawshank Redemption (1994, dt. *Die Verurteilten*)

The Great Escape (1963, dt. *Gesprengte Ketten*)

American Graffiti (1973)

A Clockwork Orange (1971, dt. *Uhrwerk Orange*)

Top Hat (1935, dt. *Ich tanz' mich in dein Herz hinein*)

Dr. Strangelove or: How I Learned to Stop Worrying and Love the Bomb (1964, dt. *Dr. Seltsam oder: Wie ich lernte, die Bombe zu lieben*)

Psycho (1960)

12 Angry Men (1957, dt. *Die zwölf Geschworenen*)

The Green Mile (1999)

Vertigo (1958, dt. *Vertigo – Aus dem Reich der Toten*)

The Maltese Falcon (1941, dt. *Die Spur des Falken*)

The Player (1992)

Rebel Without a Cause (1955, dt. *... denn sie wissen nicht, was sie tun*)

The Caine Mutiny (1954, dt. *Die Caine war ihr Schicksal*)

The Great Dictator (1940, dt. *Der große Diktator*)

The China Syndrome (1979, dt. *Das China-Syndrom*)

When Harry Met Sally… (1989, dt. *Harry und Sally*)

Cat on a Hot Tin Roof (1958, *Die Katze auf dem heißen Blechdach*)

Rear Window (1954, *Das Fenster zum Hof*)

A Star Is Born (1954, dt. *Ein neuer Stern am Himmel*)

Alfie (1966, dt. *Der Verführer lässt schön grüßen*)

North by Northwest (1959, dt. *Der unsichtbare Dritte*)

A Few Good Men (1992, dt. *Eine Frage der Ehre*)

Singin' In The Rain (1952)

Le fabuleux destin d'Amélie Poulain (2001, dt. *Die fabelhafte Welt der Amélie*)

0

Anzahl der Oscar-nominierungen dieser Filmklassiker:

Saturday Night and Sunday Morning (1960, dt. *Samstagnacht bis Sonntagmorgen*)

The Wild One (1953, dt. *Der Wilde*)

This Is Spinal Tap (1984)

Kind Hearts and Coronets (1949, dt. *Adel verpflichtet*)

Cincinnati Kid (1965)

King Kong (1933, dt. *King Kong und die weiße Frau*)

O Lucky Man! (1973, dt. *Der Erfolgreiche*)

My Darling Clementine (1946, dt. *Faustrecht der Prärie*)

Mean Streets (1973, dt. *Hexenkessel*)

A Night at the Opera (1935, dt. *Skandal in der Oper*)

The Big Sleep (1946, dt. *Tote schlafen fest*)

The Misfits (1961, dt. *Misfits – Nicht gesellschaftsfähig*)

The 39 Steps (1935, dt. *Die 39 Stufen*)

Sweet Smell of Success (1957, dt. *Dein Schicksal in meiner Hand*)

Oliver Twist (1948)

His Girl Friday (1940, dt. *Sein Mädchen für besondere Fälle*)

Reservoir Dogs (1992, dt. *Reservoir Dogs – Wilde Hunde*)

The Night of the Hunter (1955, dt. *Die Nacht des Jägers*)

The Searchers (1956, dt. *Der Schwarze Falke*)

Dirty Harry (1971)

The Postman Always Rings Twice (1946, dt. *Im Netz der Leidenschaften*)

Bringing Up Baby (1938, dt. *Leoparden küsst man nicht*)

Paths of Glory (1957, dt. *Wege zum Ruhm*)

Modern Times (1936, dt. *Moderne Zeiten*)

The Lady Vanishes (1938, dt. *Eine Dame verschwindet*)

Once Upon a Time in America (1984, dt. *Es war einmal in Amerika*)

1

Anzahl der Nobelpreisträger, die außerdem

einen Oscar bekamen: George Bernard Shaw gewann den Oscar für »Bestes adaptiertes Drehbuch« für *Pygmalion.*

1

Anzahl der britischen Fußballspieler, die einen Oscar erhielten: Neil Paterson spielte 1940 für Dundee United und arbeitete gleichzeitig als freier Autor. 1959 gewann er den Oscar für sein Drehbuch zu *Room at the Top* (dt. *Der Weg nach oben*).

1

Anzahl der Personen, die bei der Oscarverleihung den Umschlag mit dem Namen des Preisträgers öffneten und ihren eigenen Namen auf der Karte lasen: Irving Berlin (»Bester Filmsong«, *White Christmas*, 1942).

1

Anzahl der Personen, die in einem Film für die Kategorien »Produzent«, »Regisseur«, »Autor« und »Hauptdarsteller« gleichzeitig nominiert wurden – und das sogar gleich 2-mal: Warren Beatty für *Heaven Can Wait* (1978, dt. *Der Himmel soll warten*) und *Reds* (1981).

1

Anzahl der Filmfiguren, die 2 Oscars ergatterten: Vito Corleone. Marlon Brando erhielt 1972 den Oscar als »Bester Hauptdarsteller« für seine Rolle in *The Godfather* (1972, dt. *Der Pate*). Robert De Niro bekam den Oscar als »Bester Nebendarsteller« für die gleiche Rolle in *Godfather Part II* (1974, dt. *Der Pate – Teil II*).

1

Anzahl der Männer namens Oscar, die einen Academy Award erhielten: Oscar Hammerstein II (»Bester Filmsong«: 1941 und 1945).

1

Anzahl der Mütter und Töchter, die im gleichen Jahr für einen Oscar nominiert waren: Diane Ladd und ihre Tochter Laura Dern für *Rambling Rose* (1991, dt. *Die Lust der schönen Rose*).

2

Anzahl der Familien, in denen 3 Generationen einen Oscar gewannen: Die Hustons: Walter für *The Treasure of the Sierra Madre* (1948, dt. *Der Schatz der Sierra Madre*), sein Sohn John für *The Treasure of the Sierra Madre*, dessen Tochter Anjelica für *Prizzi's Honor* (1985, dt. *Die Ehre der Prizzis*). Die Coppolas: Carmine für die Filmmusik von *Der Pate – Teil II* (1974), sein Sohn Francis, ebenfalls *Der Pate – Teil II* (1974), und Enkelin Sofia für *Lost in Translation* (2003). Zusätzlich hat Francis' Neffe (Sofias Cousin) Nicolas Cage den Oscar für den »Besten Hauptdarsteller« in *Leaving Las*

Vegas – Liebe bis in den Tod (1995) gewonnen.

2

Anzahl der Laienschauspieler, die einen Oscar verliehen bekamen: Harold Russell (*The Best Years of Our Lives*, 1946, dt. *Die besten Jahre unseres Lebens*) und Haing S. Ngor in *The Killing Fields* (1984, dt. *The Killing Fields – Schreiendes Land*).

2

Anzahl der Oscarkategorien, die nie von einer Frau gewonnen wurden: »Bester Ton« und »Beste Kamera«.

2

Anzahl der Schauspielerinnen, die in 2 aufeinanderfolgenden Jahren einen Oscar erhielten: Luise Rainer (1936 und 1937) und Katharine Hepburn (1967 und 1968).

3

Anzahl der Filme, deren gesamte Filmbesetzung für einen Oscar nominiert wurde: *Who's Afraid of Virginia Woolf?* (1966, dt. *Wer hat Angst vor Virginia Woolf?* 4 Darsteller, 4 Nominierungen), *Sleuth* (1972, dt. *Mord mit kleinen Fehlern.* 2 Darsteller, 2 Nominierungen) und *Give 'em Hell, Harry* (1975. Ein Darsteller, eine Nominierung).

3

Anzahl der Schauspieler, die einen Oscar in 2 aufeinanderfolgenden Jahren erhielten: Spencer Tracy (1937 und 1938); Jason Robards (1976 und 1977); Tom Hanks (1993 und 1994). Tracy und Hanks erhielten den Oscar für die beste Hauptrolle; Robards gewann ihn für den besten Nebendarsteller.

3

Anzahl der Filme, die jeweils einen Oscar für »Bestes Szenenbild«, »Beste Regie«, »Bester Hauptdarsteller«, »Beste Hauptdarstellerin« und »Bestes Drehbuch« erhielten: *It Happened One Night* (1934, dt. *Es geschah in einer Nacht*), *One Flew Over the Cuckoo's Nest* (1975, dt. *Einer flog über das Kuckucksnest*) und *The Silence of the Lambs* (1991, dt. *Das Schweigen der Lämmer*).

4

Anzahl der Filme, die für 9 oder mehr Oscars nominiert wurden und die den Oscar auch für jede nominierte Kategorie erhielten: *Lord of the Rings: The Return of the King* (2003, dt. *Der Herr der Ringe: Die Rückkehr des Königs*. 11 Oscars), *The Last Emperor* (1987, dt. *Der letzte Kaiser*. 9 Oscars) und *Gigi* (1958. 9 Oscars).

4

Anzahl der Schauspielerinnen, die für ihren allerersten Leinwandauftritt den Oscar für die beste Hauptdarstellerin erhielten: Shirley Booth (*Come Back, Little Sheba*, 1952, dt. *Kehr zurück, kleine Sheba*), Julie Andrews (*Mary Poppins*, 1964); Barbra Streisand (*Funny Girl*, 1968) und Marlee Matlin (*Children of a Lesser God*, 1986, dt. *Gottes vergessene Kinder*).

4

Anzahl der Personen, die einen Schauspiel-Oscar gewonnen haben und in den USA ein Nummer-1-Album herausbrachten: Frank Sinatra, Bing Crosby, Barbra Streisand und Jamie Foxx.

4

Anzahl der Jahre in Folge, in denen Marlon Brando (1951–1954) und Al Pacino (1972–1975) für den Oscar nominiert waren.

5

Anzahl der Jahre in Folge, in denen Bette Davis (1938–1942) und Greer Garson (1941–1945) für den Oscar nominiert waren.

6

Anzahl der Jahre, die 2-fache Oscar-Preisträger, statistisch gesehen, länger leben als andere Schauspieler.

7

Anzahl der Filme, die sowohl einen Oscar für den »Besten Hauptdarsteller« als auch die

»Beste Hauptdarstellerin« erhielten:
It Happened One Night (1934, dt. *Es geschah in einer Nacht*)
One Flew Over the Cuckoo's Nest (1975, dt. *Einer flog über das Kuckucksnest*)
Network (1976)
Coming Home (1978, dt. *Coming Home – Sie kehren heim*)
On Golden Pond (1981, dt. *Am goldenen See*)
The Silence of the Lambs (1991, dt. *Das Schweigen der Lämmer*)
As Good as It Gets (1997, dt. *Besser geht's nicht*)

8

Anzahl der Personen, die zuerst den Tony Award (meist für die beste Darstellung in dem gleichnamigen Theaterstück oder Musical) und dann den Oscar für dieselbe Rolle in der Verfilmung gewannen:
José Ferrer für *Cyrano de Bergerac* (1950, dt. *Der letzte Musketier*. Tony: 1947/Oscar: 1951)
Shirley Booth für *Come Back, Little Sheba* (1952, dt. *Kehr zurück, kleine Sheba*. Tony: 1950/Oscar: 1953)
Yul Brynner für *The King and I* (1951, dt. *Der König und ich*. Tony: 1952/Oscar: 1956)
Rex Harrison für *My Fair Lady* (1964. Tony: 1957/ Oscar: 1964)
Anne Bancroft für *The Miracle Worker* (1962, dt. *Licht im Dunkel*. Tony: 1960/Oscar: 1962)
Paul Scofield für *A Man for All Seasons* (1966, dt. *Ein Mann zu jeder Jahreszeit*. Tony: 1962/Oscar: 1966)
Joel Grey für *Cabaret*

(1972. Tony: 1967/ Oscar: 1973)
Jack Albertson für *The Subject Was Roses* (1968, dt. *Rosen für die Lady*. Tony: 1965/ Oscar: 1968)

Anmerkung: Lilja Kedrova machte es andersherum. Zuerst gewann sie einen Oscar für *Zorba the Greek* (1964, dt. *Alexis Sorbas*), 20 Jahre später bekam sie den Tony für die gleiche Rolle im Musical *Sorbas*.

10

Anzahl der Personen, die für 2 Oscars im gleichen Jahr nominiert waren. Zuletzt waren das Holly Hunter und Emma Thompson (1994), Julianne Moore (2003) und Jamie Foxx (2005).

11

Die Anzahl der Oscarnominierungen, die *The Turning Point* (1977, dt. *Am Wendepunkt*) und *The Color Purple* (1985, dt. *Die Farbe Lila*) erhalten haben, ohne einen einzigen Oscar zu gewinnen – ein seltsamer Rekord, den sich die beiden Filme da teilen.

32

Anzahl der Oscars, die Walt Disney gewonnen hat – es sind mehr als alle anderen in der Geschichte.

Essen & Trinken

0,045
Ein Tropfen Heinz-Tomaten-Ketchup tropft mit einer durchschnittlichen Geschwindigkeit von 0,045 Stundenkilometern aus der Flasche.

1
Zahl der Früchte, die ihre Samen an der Außenseite haben: die Erdbeere.

3,2
Menge des Tees in Kilogramm, die der durchschnittliche irische Erwachsene jährlich trinkt – mehr als jede andere Nation.

4
Alle 4 Sekunden wird eine Dose Frühstücksfleisch geöffnet.

4,5
Anzahl der Tassen Kaffee, die der durchschnittliche Finne täglich trinkt – mehr als jede andere Nation.

5
Zahl der Jahre, die Weizenschrot erhältlich war, ehe die Kellogg-Brüder die Cornflakes auf den Markt brachten.

6

Jährlich werden weltweit genug Kartoffeln angebaut, um damit eine 4-spurige Straße zu pflastern, die 6-mal um die Welt reichen würde.

8

Anzahl der Kühe, die ein durchschnittlicher Brite im Laufe seines Lebens isst.

8,5

Kilogewicht der Butter, die der typische Franzose jährlich verbraucht – mehr als jede andere Nation.

9

Zahl der gelben Maiskörner, die auf jedes weiße Maiskorn in einer Tüte Popcorn kommen.

10

Kilogewicht der Milch, die man braucht, um ein Kilogramm Käse herzustellen.

11

Gesamtmenge der Kisten des Chablis-Chardonnay, die 1957 wegen des furchtbaren Frosts im Frühling produziert wurden.

20

Prozentualer Anteil der weltweiten Erdnussernte, die von Schokoladenherstellern weiterverarbeitet wird.

20

Menge der 0,7-Liter-Flaschen in einer Nebukadnezar-Champagnerflasche mit 15 Litern Inhalt.

25

Anzahl der Flaschen Coca-Cola, die im ersten Produktionsjahr (1886) verkauft wurden.

26

Von den über 1.000 Chemikalien, die eine Tasse Kaffee enthält, sind nur 26 getestet. Die Hälfte davon verursacht Krebs bei Ratten.

27

Kilogewicht der Nudeln, die der durchschnittliche Italiener pro Jahr verzehrt – mehr als jede andere Nation.

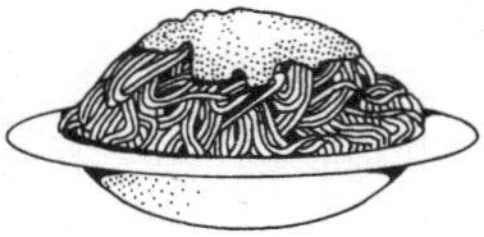

30

Anzahl der verschiedenen Teesorten, die in einem durchschnittlichen Teebeutel enthalten sind.

32

Prozentsatz des auf der Welt verzehrten Reises, der von Chinesen gegessen wird.

35

Der durchschnittliche Mensch isst in seinem Leben 35 Tonnen Lebensmittel.

40

So viel Prozent aller auf der Welt angebauten Mandeln werden von Schokoladenherstellern weiterverarbeitet.

50

Anzahl der Tassen Kaffee, die der französische Philosoph Voltaire am Tag getrunken hat.

50

Anzahl der Gläser Kakao, die Moctezuma, ein mexikanischer Aztekenherrscher, pro Tag getrunken haben soll.

59,29

Anzahl der Sekunden, die Simon Sang Sung aus Singapur brauchte, um aus einem einzigen Stück Teig 8.192 Nudeln herzustellen.

60

Beethoven war so eigen mit seinem Kaffee, dass er jedes Mal genau 60 Bohnen für eine Tasse abzählte.

62

Gewicht der größten Stachelbeere, die jemals geerntet wurde, in Gramm.

66,6

Prozentsatz aller Auberginen der Welt, die in New Jersey angebaut werden.

75
So viel Prozent des Ahornsirups der ganzen Welt werden in Kanada hergestellt.

90
Prozentsatz des Vitamin-C-Gehalts, der beim Kochen von Rosenkohl verloren geht.

91
Prozentualer Anteil des Wassers in Kohl.

92
Prozentualer Anteil des Wassers in einer Wassermelone.

96
Eine Gurke besteht zu 96 Prozent aus Wasser.

123
Menge der Schnecken, die ein durchschnittlicher Franzose im Jahr verzehrt.

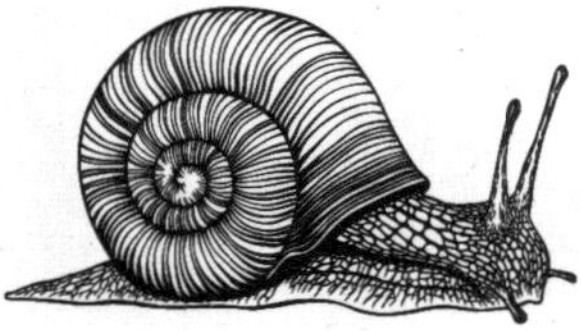

143
Kilogewicht der Kartoffeln, die ein durchschnittlicher Ire jährlich isst – mehr als jede andere Nation.

165
Zahl der Liter Milch, die der typische Ire jährlich trinkt – mehr als jede andere Nation.

178
Die durchschnittliche Anzahl von Sesamkörnern auf einem Big-Mac-Brötchen.

300
Anzahl der Honigarten, die man unterscheiden kann.

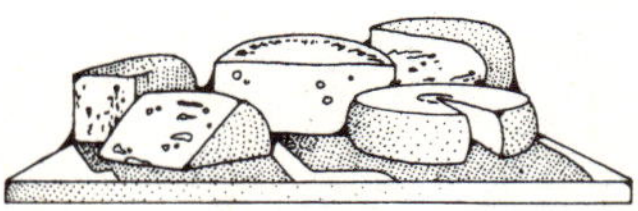

300
In Frankreich gibt es über 300 verschiedene Sorten Käse, und die Franzosen essen mehr Käse als jede andere Nation: 23 Kilogramm pro Person und Jahr.

400
Anzahl der Quarter-Pounder-Burger, die man aus einer Kuh machen kann.

548
Anzahl der Erdnüsse in einem 340-Gramm-Glas Erdnussbutter.

800
Menge der Kerne, die ein durchschnittlich großer Maiskolben in 16 Reihen angeordnet hat.

800
In Belgien werden über 800 verschiedene Biersorten gebraut.

800
Grammzahl des pro Jahr von einem durchschnittlichen Franzosen verzehrten Knoblauchs.

2.000
Es gibt über 2.000 verschiedene Käsesorten auf der Welt.

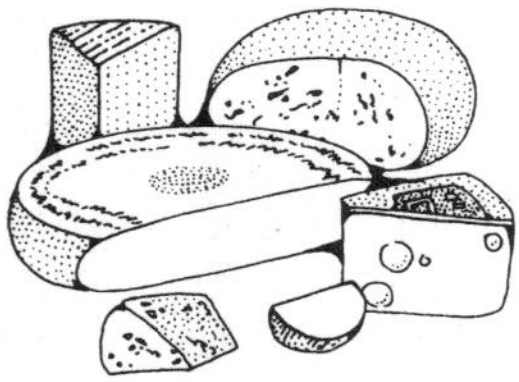

4.000
Anzahl der Krokusse, die man braucht, um eine einzige Unze Safran herzustellen – das entspricht etwa 28,35 Gramm.

9.000
Anzahl der indischen Restaurants in den USA.

10.000
Einen Liter Tafelwasser herzustellen, kostet 10.000-mal so viel wie die Herstellung eines Liters Leitungswasser.

10.000
Anzahl der Schokoriegel, die eine Durchschnittsperson in ihrem Leben verzehrt.

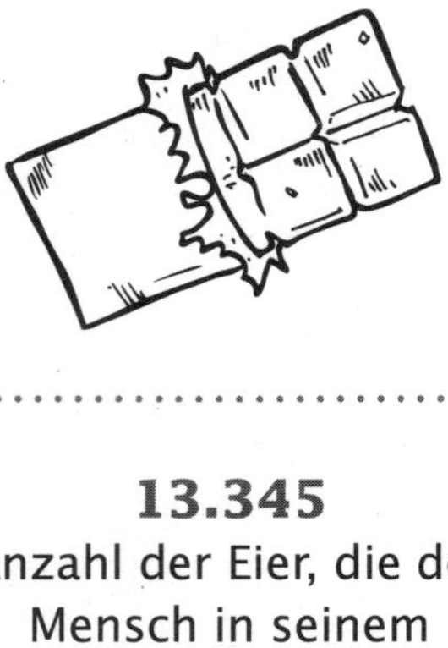

13.345
Anzahl der Eier, die der Mensch in seinem Leben isst.

16.000
Der Mensch trinkt in seinem Leben 16.000 Tonnen Wasser.

20.000
Anzahl der lebenden Organismen in einem Glas Wasser.

40.000
Es gibt mehr als 40.000 verschiedene Reissorten auf der Welt.

70.000
Der Durchschnittsmensch trinkt im Laufe seines Lebens 70.000 Tassen Kaffee.

200.000
Es gibt Süßstoffe, die 200.000-mal süßer sind als Zucker.

3.000.000.000
Das Wasser, das wir trinken, ist 3 Milliarden Jahre alt.

400.000.000.000
Kaffee ist mit über 400 Milliarden konsumierten Tassen pro Jahr das beliebteste Getränk weltweit.

Geld

6

Die Anzahl der US-Amerikaner, von denen 1911 jeder 300.000 Dollar für die *Mona Lisa* bezahlte. Alle 6 Gemälde stammten von dem Franzosen Yves Chaudron.

10

Prozentsatz der niemals eingelösten Geschenkkarten und Gutscheine.

15

Im Jahre 1849 schuldete der US-amerikanische Erfinder Walter Hunt einem Freund 15 Dollar. Der bot an, ihm das Geld zu erlassen, wenn es ihm gelingen würde, aus einem Stück Draht einen Gebrauchsgegenstand zu basteln. Ein Weilchen später hatte Walter die Sicherheitsnadel kreiert und machte seinen Freund zum Millionär, weil er ihm das Patent überließ.

29

Anzahl der Kassen der größten McDonald's-Filiale weltweit in Peking, China.

30

Anzahl der Tage, die man braucht, um aus einem Penny, den man täglich verdoppelt, über 1 Million Pfund zu machen.

35

Dollarsumme, die Caroline Davidson 1971 für den Entwurf des Nike-Logos bekam.

51

Menge der Rasierer, die Gilette im ersten Produktionsjahr verkaufte.

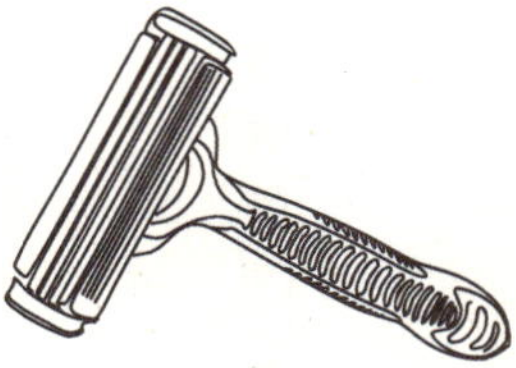

130

Anzahl der Dollar, die Joe Shuster und Jerry Siegel im Jahr 1938 bekamen, als sie sämtliche Rechte am Comic-Helden Superman an ihren Verlag verkauften.

172

Die Zahl, von der manche behaupten, dass sie als geheime Inschrift auf der Rückseite des 5-Dollar-Scheins zu finden sei: am unteren Rand über dem »F« des Wortes »five«. Dort, am Sockel des Lincoln-Memorials, soll die 172 als dunkle Schattierung in den Büschen zu sehen sein.

250

Im Durchschnitt hat jeder US-amerikanische Bankangestellte einen jährlichen Schwund von 250 Dollar in der Kasse.

378,79
Der Betrag in Dollar, den Bob Fosse, Choreograf und Regisseur, 66 Personen gab, damit sie ausgehen und ein Abendessen auf seine Kosten genießen konnten. Zu diesen Personen gehörten Liza Minnelli, Janet Leigh, Elia Kazan, Dustin Hoffman, Melanie Griffith, Neil Simon, Ben Gazzara, Jessica Lange und Roy Scheider.

500
Der Betrag in Pfund (etwas mehr als 600 Euro), den Ian Fleming, Autor der James-Bond-Romane, jeweils 4 Freunden mit der Anweisung gab, sich davon in den folgenden 12 Monaten etwas Außergewöhnliches zu kaufen.

1.513
Dollarpreis, den ein 200 Jahre altes Stück tibetanischen Käses auf einer Auktion erzielte.

2.300
Die Dollarsumme, die Dr. John Pemberton, der 1886 die Coca-Cola erfand, ein Jahr später für das Rezept des Getränkes bekam, als er es verkaufte.

6.600
Das Pappschild aus der Pathologie vom Fuß der Leiche Lee Harvey Oswalds erzielte diesen Betrag in Dollar auf einer Auktion.

100.000
Summe in Dollar, die von US-amerikanischen Forschern ausgegeben wurde, um herauszufinden, dass 3 von 4 Menschen ihre Klopapierrolle so hängen, dass man das Papier nach unten abreißt, statt nach oben.

445.500
Dollarpreis, für den John Lennons handgeschriebener Songtext zu *Nowhere Man* bei einer Auktion über den Tisch ging.

497.500
Betrag in Dollar, den Eric Claptons Gitarre – eine 1956er Fender Stratocaster, wie er sie zum Beispiel bei dem Song *Leyla* benutzte – bei einer Auktion erzielte.

1.300.000
Der höchste Betrag in US-Dollar, der jemals bei einer Auktion für eine Kuh bezahlt wurde.

6.666.666
Diese Telefonnummer erzielte 2,75 Millionen Dollar bei einer Auktion in Katar. Dort gilt die Zahl 6 als Glückszahl.

2.000.000.000
Über 2 Milliarden Dollar werden weltweit pro Tag für Waffen ausgegeben.

**41.900.000.
000.000.000**

Prozentsatz der Inflationsrate Ungarns im Juli 1946. In Worten: 41,9 Billiarden Prozent. Das bedeutet eine Verdreifachung der Preise pro Tag.

**100.000.000.
000.000.000.000**

Die Banknote mit dem höchsten Nominalwert, die jemals ausgestellt wurde, war der 100-Trillion-Pengö-Schein in Ungarn im Jahr 1946. Das ist eine 1 mit 20 Nullen dahinter.

Zahlen

6

Eine perfekte Zahl. Die Zahlen, durch die 6 teilbar ist – 1, 2 und 3 –, ergeben zusammen die Summe 6.

7

Bis auf die 7 sind alle Zahlwörter von 0 bis 12 einsilbig.

11

Die einzige Zahl mit nur 3 Buchstaben.

11,5

Anzahl der Tage, die man bräuchte, um von 1 bis 1.000.000 zu zählen, wenn man eine Zahl pro Sekunde zählen würde.

13

Zahl eines Bäckerdutzends. Im 13. Jahrhundert gab es ein Gesetz namens »Assize of Bread & Ale« (Bemessung von Brot und Bier), welches Bäckern, die ihren Kunden zu wenig gaben, empfindliche Strafen androhte – wie beispielsweise das Abhacken eines Arms. Um also für den Fall vorzusorgen, dass sie sich verzählt hatten oder etwas beschädigt war, gaben die Bäcker grundsätzlich 13 Teile an die Kunden heraus, wenn sie um ein Dutzend gebeten wurden.

14

Alle 14 Jahre wiederholt sich der Kalender.

23

Die Zahl der Personen, die mindestens im Raum sein muss, damit die mehr als 50-prozentige Wahrscheinlichkeit besteht, dass 2 oder mehr von ihnen am gleichen Tag Geburtstag haben. Sollen jedoch 2 Leute an einem bestimmten, vorher festgelegten Tag Geburtstag haben – zum Beispiel am 11. Februar –, müsste man ganze 254 Personen in den Raum bitten, um eine Wahrscheinlichkeit von 50 Prozent zu erreichen.

37

Die Zahlen 111, 222, 333, 444, 555, 666, 777, 888 und 999 sind alle durch 37 teilbar.

153

Eine Zahl, die sich aus der Addition der dritten Potenzen der einzelnen Ziffern ergibt:

$153 \Rightarrow 1^3 + 5^3 + 3^3$
$\Rightarrow (1 \times 1 \times 1) + (5 \times 5 \times 5) + (3 \times 3 \times 3)$
$\Rightarrow 1 + 125 + 27 = 153$

293

Die Anzahl der verschiedenen Möglichkeiten, einen Dollar in Kleingeld zu wechseln.

364

Zahl der Geschenke, die in dem Lied *The Twelve Days of Christmas* »meine wahre Liebe mir gab«.

600

Eine Zentillion ist eine 1 mit 600 Nullen dahinter.

1.089

Wenn man diese Zahl mit 9 multipliziert, erhält man die Zahl 9801. Das ist die Ausgangszahl, rückwärts gelesen. Das funktioniert übrigens auch mit 10.989 oder 1.099.989 und so fort.

1.666

Die Schreibweise dieser Zahl in römischen Ziffern lautet MDCLXVI (1.000 + 500 + 100 + 50 + 10 + 5 + 1). Das Jahr 1666 ist dafür berühmt, das einzige Jahr in der Geschichte zu sein, bei dessen Notation in römischen Ziffern sämtliche römischen Zahlen vom größten bis hin zum kleinsten Wert vorkommen.

2.520

Die Zahl 2.520 ist durch die Zahlen 1, 2, 3, 4, 5, 6, 7, 8, 9 und 10 glatt teilbar.

5.050

Die Summe aller Zahlen von 1 bis 100:
1 + 2 + 3 + 4 + 5 ...

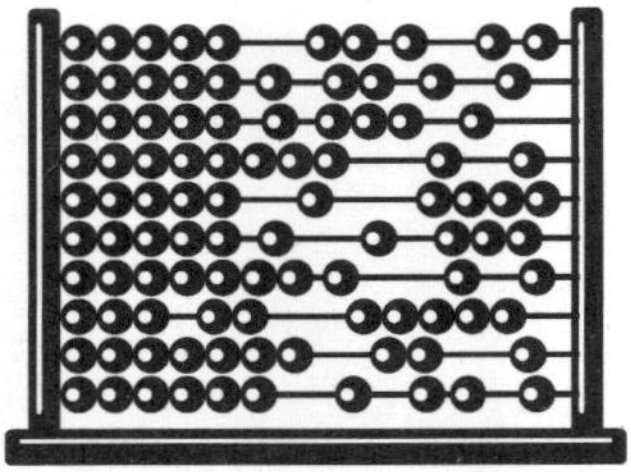

10.000

Im antiken Griechenland gab es keine Bezeichnung für Zahlen über 10.000. Solche Zahlen nannte man einfach »Myriaden«.

21.978

Wenn man 21.978 mit 4 multipliziert, erhält man 87.912. Das sind die Ziffern der Zahl 21.978 in umgekehrter Reihenfolge.

37.037

Multipliziere 37.037 mit einer beliebigen einstelligen Zahl (1 bis 9) und danach mit 3. Jede Ziffer des Ergebnisses besteht aus der zuerst gewählten, einstelligen Zahl: 111111, 222222, 333333 ...

115.200

Menge der Kombinationen, die möglich sind, wenn man 6 Paare an einem 12-Personen-Tisch so platziert, dass Männer und Frauen sich immer abwechseln und keiner von ihnen neben seinem Partner sitzt.

142.857

Wenn man die Zahl 142.857 mit irgendeiner Zahl von 1 bis 6 multipliziert, kommt als Ergebnis immer eine Zahl mit Ziffern in der gleichen Reihenfolge heraus – allerdings ändert sich deren Anfangsposition:

1 x 142.857 = 142.857

2 x 142.857 = 285.714

3 x 142.857 = 428.571

4 x 142.857 = 571.428

5 x 142.857 = 714.285

6 x 142.857 = 857.142

Multipliziert man 142.857 mit 7, ergibt das 999.999.

Teilt man 1 durch 7, erhält man 0,1428571428 57142857.

Multipliziert man 142.857 mit 8, ist das Ergebnis 1.142.856.

Nimmt man die erste Ziffer weg und addiert sie zu den verbleibenden 6 Ziffern, geschieht Folgendes:

1 + 142.856 = 142.857

Ähnlich verhält es sich, wenn man 142.857 mit einer beliebigen Zahl multipliziert, also zum Beispiel 17.

142.857 x 17 = 2.428.569.

Nimmt man nun die erste Ziffer (2) weg und addiert sie zur Zahl mit den verbleibenden 6 Ziffern, passiert dies:

2 + 428.569 = 428.571

Dies ist die Ursprungszahl aus der dritten Phase dieses Kreises: 3 x 142.857 = 428.571

Die Rechnung funktioniert mit jeder Zahl, außer mit einer Vielfachen der Zahl 7 – obwohl auch dabei interessante Ergebnisse herauskommen.

Nimmt man die Zahl 142.857, teilt sie in 2 Hälften – 142 und 857 – und addiert diese beiden Zahlen, erhält man 999.

999.999
Die 762sten bis 767sten Ziffern von Pi lauten 999.999.

31.557.600
Die Anzahl der Sekunden eines Jahres.

1.274.953.680
Diese Zahl, in der alle Ziffern von 0 bis 9 vorkommen, kann durch jede Zahl von 1 bis 16 geteilt werden, ohne dass ein Rest bleibt.

Religion & die Bibel

1
Anzahl der Textstellen in der Bibel, in der Katzen oder Ratten erwähnt werden.

1
Zahl der Apostel, die nicht als Märtyrer, sondern eines natürlichen Todes gestorben sind: Johannes.

2
Zahl der Nussarten, die in der Bibel genannt werden: Mandeln und Pistazien.

3
Häufigkeit, mit der Käse in der Bibel erwähnt wird.

3
Die Anzahl der Engel, die namentlich in der Bibel erwähnt werden: Gabriel, Michael und Luzifer.

3
Anzahl der Tage, die Jonas im Bauch eines Walfisches verbracht hat.

3

Die kleinste Kirche der Welt findet man in Kentucky. Nur 3 Personen haben in ihr Platz.

4

Die Anzahl der Edlen Wahrheiten im Buddhismus.

5

Die Anzahl der Frauen namens Maria in der Bibel:
Maria (Mutter Jesu);
Maria von Bethanien;
Maria Magdalena (auch Maria von Magdala);
Maria Kleophae;
Maria Salome von Galiläa.

7

Die Zahl der Selbstmorde, die in der Bibel festgehalten sind.

7

Die Zahl der Erzengel: Michael, Gabriel, Raphael, Uriel, Chamuel, Jophiel und Zadkiel.

9

In der Bibel gibt es 9 Chöre der Engel. Es handelt sich dabei aber nicht um Gesangsgruppen, sondern um eine hierarchische Ordnung der himmlischen Wesen. Von den untersten bis zu den höchsten sind es: Engel, Erzengel, Mächte, Gewalten, Fürsten(tümer), Herrschaften, Throne, Cherubim und Seraphim.

35

Die Spanne, in der das Osterfest theoretisch stattfinden kann, beträgt 35 Tage. Ostern wurde ursprünglich am gleichen Tag wie das jüdische Passahfest gefeiert. Da der jüdische Kalender ein Mondkalender ist und sich ausschließlich am Lauf des Mondes orientiert, kann das Passahfest auf jeden beliebigen Wochentag fallen. Die Kirche wollte aber gewährleisten, dass Ostern an einem Sonntag stattfindet. Auf dem Ersten Konzil von Nicäa im Jahre 325 beschloss sie deshalb die folgende Formel: Ostern wird am ersten Sonntag gefeiert, der auf den ersten Vollmond nach Frühlingsanfang folgt. Frühlingsanfang ist der 21. März. Ist der 21. März auch der Tag des Vollmonds, findet der Ostersonntag eine Woche später statt. Ist jedoch erst später Vollmond, verschiebt sich das Osterfest dementsprechend. Der Ostersonntag kann also auf alle Tage zwischen dem 22. März und dem 25. April fallen.

49

Anzahl der verschiedenen Lebensmittel, die in der Bibel genannt werden.

60

Häufigkeit, mit der Kamele in der Bibel genannt werden.

63
Anzahl der Wörter im Vaterunser.

90
In den Sechzigerjahren des vergangenen Jahrhunderts der Prozentsatz der britischen Erwachsenen, die eine Bibel besaßen. Heute sind es eher 50 Prozent.

112
Häufigkeit, mit der Pferde in der Bibel erwähnt werden.

118
Die Bibel hat 1.189 Kapitel. Das kürzeste ist Psalm 177 (er besteht nur aus 2 Versen), das längste Psalm 119 (176 Verse). Dazwischen liegt Psalm 118 mit 594 Kapiteln.

Multipliziert man die Zahl 594 mit 2, ergibt sich die Zahl 1.188. Psalm 118,8 lautet: »Besser, sich zu bergen beim Herrn, als auf Menschen zu bauen.«

131
Häufigkeit, in der das Wort »Löwe« in der Bibel auftaucht.

177
So oft werden in der Bibel Lämmer erwähnt.

250
Die Anzahl der Kälber, die man für die Herstellung der Winchester-

Bibel, der größten erhaltenen englischen Bibel aus dem 12. Jahrhundert, brauchte.

260

Anzahl der Kapitel im Neuen Testament.

666

Die Zahl des Tieres nach dem Buch der Offenbarung 13,18: »Wer Verstand hat, berechne den Zahlenwert des Tieres. Denn es ist die Zahl eines Menschennamens; seine Zahl ist sechshundertsechsundsechzig.«

929

Im Alten Testament gibt es 929 Kapitel.

1.700

Zahl der Hinweise auf Juwelen und Edelsteine in der Bibel.

2.200

Anzahl der Sprachen und Dialekte, in die die Bibel übersetzt wurde.

4.476

Häufigkeit, mit der das Wort »Gott« in der Einheitsübersetzung der Bibel auftaucht.

Geschichte

1

Im Mittelalter trugen walisische Bogenschützen im Söldnerdienst nur einen Schuh.

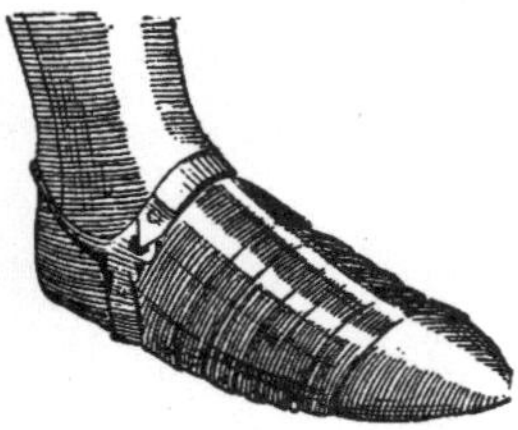

1

Anzahl der von den Deutschen besetzten Länder, die nach dem Ende des Zweiten Weltkriegs zahlenmäßig eine größere jüdische Bevölkerung als vor dem Krieg hatten: Albanien. Unter der Nazibesatzung Albaniens wurde eine einzige jüdische Familie deportiert und ermordet. Die Albaner beschützten nicht nur ihre eigenen jüdischen Mitbürger, sondern boten auch Juden aus Nachbarländern Unterschlupf.

1

Anzahl aller Monate seit Beginn der aufgezeichneten Geschichte, in denen es keinen Vollmond gab: Februar 1865.

1

Häufigkeit, mit der Kanada anderen Ländern den Krieg erklärte – es geschah im Zweiten Weltkrieg gegen Deutschland.

1

Zahl der Hunde, die im Zweiten Weltkrieg als Kriegsgefangene registriert wurden: Es handelte sich um einen English Pointer namens Judy.

1

Anzahl von Hitlers Hoden. Im Ersten Weltkrieg, während der Schlacht an der Somme, wurde Hitler verwundet, entweder am Oberschenkel oder am Unterleib. Später erklärte sein Kompaniechef, er hätte bei einer medizinischen Routineuntersuchung entdeckt, dass Hitler ein Testikel fehle. Hitler brachte sich 1945 um, und die Russen nahmen nach seinem Tod eine Autopsie vor. Der Autopsiebericht wurde 1968 veröffentlicht und belegt, dass Hitlers linker Hoden weder im Skrotum noch am Samenleiter im Leistenkanal noch im Beckenbereich gefunden werden konnte. Der Autopsiebericht wurde 1972 von einem Team der University of California bestätigt.

2

Von 1925 bis 1945 trug Hitler offiziell den Titel des Ersten SS-Mannes.

Als Nummer 2 galt etwa nicht Heinrich Himmler, sondern Emil Maurice, Hitlers persönlicher Leibwächter und Chauffeur, der von einigen für den Gründer der SS gehalten wird. Man kann es kaum glauben, aber Maurice war ein Halbjude, und als das ans Licht kam, wurde er aus der SS geworfen. Trotzdem erlaubte man ihm, all seine Privilegien zu behalten.

2

Im Jahre 1531 wurde der Koch des Bischofs von Rochester zum Tode verurteilt, weil er Angehörige aus dem Haushalt des Bischofs vergiftet hatte. Man brachte ihn auf den Marktplatz und steckte ihn in einen Topf kalten Wassers, den man über ein Feuer hing. Es dauerte 2 Stunden, bis das Wasser kochte und ihn schließlich tötete.

2

Die Häufigkeit, mit der der Nil in der Vergangenheit eine Eisdecke gebildet hat. Es geschah zuerst im 9. Jahrhundert und dann noch einmal im 11. Jahrhundert.

2

Nachdem Attila, der Hunnenkönig, die beiden Brüder seiner Gattin ermordet hatte, servierte sie ihm die Herzen seiner Söhne zum Abendessen.

2

Zahl der Schwerthiebe, die der Scharfrichter benötigte, um Maria, die Königin Schottlands, zu enthaupten.

2

Die Zahl der Hunde, die 1692 während der Hexenverfolgung in Salem wegen Hexerei aufgehängt wurden.

2

In Woodbridge, England, erklärte 1799 ein Richter 2 Schweine für schuldig, weil sie einen Leichnam ausgegraben und gefressen hatten. Sie wurden zum Tod durch Ertrinken verurteilt.

3

Die Zahl unterschiedlicher Küsse, die die Römer kannten: »Basium« (der Kuss auf die Lippen), »Osculum« (ein freundlicher Kuss auf die Wange) und »Suavium« (der leidenschaftliche Kuss). Tatsächlich waren die Römer so versessen aufs Küssen, dass Kaiser Tiberius, als sich vermehrt Lippenkrankheiten übertrugen, sogar gezwungen war, ein Kussverbot auszusprechen.

3

Häufigkeit, mit der Ludwig XVI. von Frankreich in seinem ganzen Leben ein Bad nahm. Zu diesem hatte man ihn aber auch zwingen müssen.

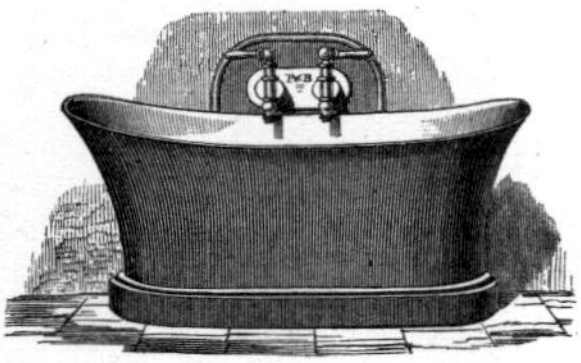

3

Die Zahl der Könige, die es innerhalb des Jahres 1936 in Großbritannien gab. Georg V. starb im Januar 1936, er war 26 Jahre lang britischer Monarch gewesen. Sein Sohn Eduard VIII. wurde zum König ernannt, dankte jedoch schon im Dezember ab, um die US-amerikanische Schauspielerin Wallis Simpson zu heiraten. Sein stotternder Bruder bestieg daraufhin als George VI. den Thron und regierte 16 Jahre bis zu seinem Tod. Ähnliches geschah auch 1066, allerdings mit noch einem König mehr: Im Januar dieses Jahres starb Eduard der Bekenner, ihm folgten Harald II. und Edgar Ætheling für kurze Zeit auf den Thron. Wilhelm I. der Eroberer unterwarf das Empire und ernannte sich noch im selben Jahr zum König. Auch 1483 gab es 3 Könige: Eduard IV., Eduard V. und Richard III.

3

Robert Todd Lincoln, der Sohn von Präsident Abraham Lincoln, war bei der Ermordung von 3 US-Präsidenten anwesend: Lincoln, Garfield und McKinley.

3

Zahl der Schwägerinnen Jane Austens, die im Kindbett starben.

3

Zahl der Menschen, denen 2-mal das britische Victoria-Kreuz verliehen wurde: Noel Godfrey Chavasse und Arthur Martin-Leake, beides Mitglieder des Sanitätskorps der Royal Army, und dem Neuseeländer Charles Hazlitt Upham.

3

Die Häufigkeit, mit der Präsident Franklin D. Roosevelt vom *Time*-Magazin zum Mann des Jahres erklärt wurde, und zwar in den Jahren 1932, 1934 und 1941. Damit ist er der einzige Mensch, dem diese Ehre so oft zuteilwurde.

3

Die Zahl der Präsidenten, die Mexiko an einem einzigen Tag hatte: General Victoriano Huerta stürzte am 18. Februar 1913 den Präsidenten Francisco Madero (Nr. 1) und setzte Huerta Pedro Lascuráin (Nr. 2) als Übergangspräsidenten ein, um dem Putsch einen Anschein von Rechtmäßigkeit zu geben. Eine Stunde später legte Lascuráin das Amt nieder und übergab es Huerta (Nr. 3).

4

Die Zahl der Gänse, die Lord Byron überallhin mitnahm.

4

Die Zahl der Löwen, die König Heinrich III. im Tower von London hielt.

4

Papst Stephan (II.) gilt als Pontifex mit der kürzesten Amtszeit überhaupt. Im Jahre 752 wurde er gewählt, 4 Tage später starb er an einem Schlaganfall, ohne die Papstweihe erhalten zu haben.

5

Königin Elisabeth I. wurde erst 5 Wochen nach ihrem Tod beerdigt.

5

Die Zahl feindlicher Flugzeuge, die ein Pilot abschießen muss, um ein »Ass« zu werden. Der deutsche Erich Hartmann (1922–1993) ist bis heute der Pilot mit der höchsten Abschussrate: 352.

6

Die Zahl der Monate, die Richard Löwenherz zu Lebzeiten in England verbrachte.

6

Die nachweisbare Zahl von Toten beim Großen Feuer in London im Jahre 1666.

7

Zahl der Gefangenen in der Bastille bei ihrer Erstürmung im Jahre 1789. 4 Falschmünzer, ein Graf, den seine eigene Familie hatte einsperren lassen, und 2 Geisteskranke.

7

Napoleon knöpfte sich 14.000 französische Dekrete vor und vereinfachte sie zu einem einheitlichen Katalog von 7 Gesetzen.

7

Die Zahl der Vornamen von König Eduard VIII. – mehr als bei jedem anderen König in der Geschichte. Er wurde auf den Namen Edward Albert Christian George Andrew Patrick David getauft.

7

Die Zahl der Jahre, die es dauerte, bis Marie Antoinette und Ludwig XVI. ihre Ehe vollzogen.

8

Bevor er 1860 die US-amerikanischen Präsidentschaftswahlen gewann, verlor Abraham Lincoln 8 Wahlen für andere Ämter.

8

Im Jahre 532 nach Christus schlossen das Byzantinische Reich und das Persien der

Sassaniden einen Vertrag, der den Ewigen Frieden zwischen den beiden Weltreichen besiegeln sollte. Er dauerte knapp 8 Jahre.

9

Die Zahl der Tage, die Lady Jane Grey im Jahre 1554 als Königin von England regierte.

9

John William Gott war der letzte Mensch, der in Großbritannien wegen Blasphemie ins Gefängnis geworfen wurde. Er wurde 1922 zu 9 Monaten Schwerstarbeit verurteilt, nachdem er Jesus mit einem Clown verglichen hatte.

10

Nach einer Studie des Internationalen Roten Kreuzes sterben seit der Mitte des 20. Jahrhunderts in Kriegen 10-mal mehr Zivilisten als Soldaten.

10

Die Zahl der Jahre, die Arthur Wellesley, 1. Duke of Wellington, seine Geliebte Catherine »Kitty« Pakenham nicht gesehen hatte, als er ihr 1806 einen Heiratsantrag machte.

11

Rekordzahl der Einsätze eines japanischen Kamikazepiloten im Zweiten Weltkrieg. Aufgabe der für Kamikaze (übersetzt in etwa: »Himmlischer Wind«) bestimmten Piloten war es, Flugzeuge voller Sprengstoff in die Nähe der Schiffe der Alliierten zu steuern – was de facto auf eine Selbstmordmission hinauslief. Um den Auftrag erledigen zu können, mussten die Kamikazepiloten jedoch zunächst ein alliiertes Schiff finden. Wenn es ihnen nicht gelang, kehrten sie zur Basis zurück. So konnte es geschehen, dass ein einzelner Kamikazepilot ganze 11 Einsätze flog und den Krieg trotzdem überlebte.

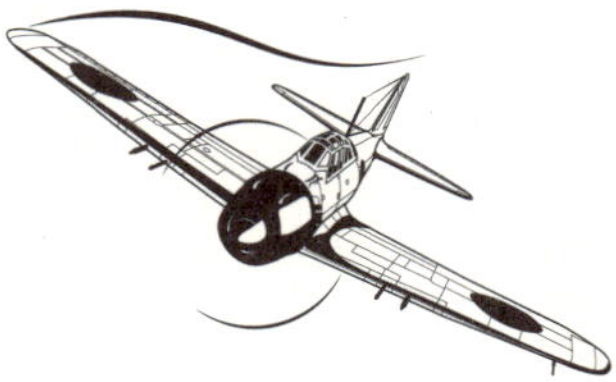

11

Die Zahl der Tage, die verlorengingen, als 1752 vom Julianischen zum Gregorianischen Kalender gewechselt wurde: 3. bis 13. September.

13

Im 17. Jahrhundert brachte eine verheiratete Frau in Großbritannien durchschnittlich 13 Kinder zur Welt.

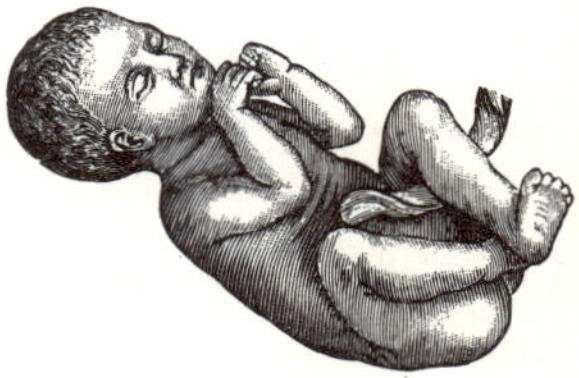

13

Anzahl der Jahre, in der Tschaikowski von einer wohlhabenden Witwe finanziert wurde, der er – auf ihren eigenen Wunsch – niemals begegnete.

14

Die Zahl von Sekunden, die Napoleons Chirurg Dominique Jean Larrey benötigte, um ein Bein zu amputieren.

14

Zahl der Jahre, in denen die Hauptstadt Portugals nach Rio de Janeiro in Brasilien verlegt wurde, während Portugal in den Napoleonischen Kriegen gegen Frankreich kämpfte.

15

Im Jahre 1705 wurde John Smith in Tyburn für einen Einbruch gehängt. Als er bereits 15 Minuten gehangen hatte, traf eine Begnadigung ein, und man schnitt ihn wieder vom Galgen. Erstaunlicherweise gelang es, ihn wiederzubeleben, und er erholte sich. Nach diesem Ereignis wurde John als »Half-hanged Smith« bekannt.

17

Häufigkeit, mit der eine deutsche Militärkapelle am 9. Februar 1909 auf einem Bahnsteig in Rathenau, Brandenburg, die britische Nationalhymne spielen musste. König Eduard VII. mühte sich im Inneren des Zuges damit ab, seine deutsche Feldmarschalluniform anzulegen, deshalb wiederholte die Kapelle unentwegt die Nationalhymne.

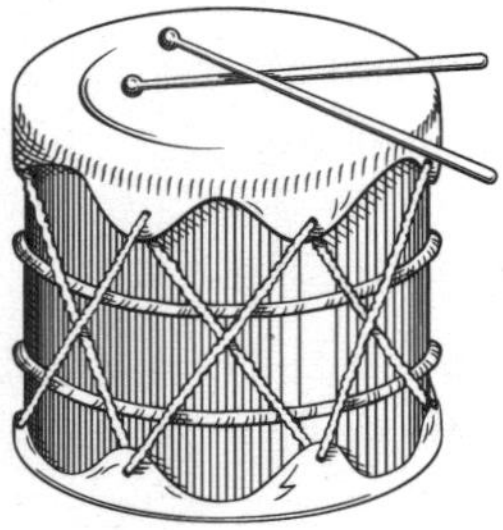

17
Alle 17 Kinder der englischen Königin Anne starben vor ihr.

20
Die Zahl der Minuten, in denen König Ludwig XIX. 1830 über Frankreich herrschte.

24
Die größte Anzahl von Victoria-Kreuzen, die jemals an einem einzigen Tag verliehen wurden: am 17. November 1857 für die Befreiung der belagerten indischen Kolonialstadt Lakhnau.

28
Die Zahl unterschiedlicher Medikamente, die Adolf Hitler gegen Ende seines Lebens täglich einnahm.

30
Am 29. März 1848 versiegten die Niagarafälle für 30 Stunden, weil eine Eisbarriere den Fluss staute.

33
Diese Zahl, in Zentimetern gemessen, betrug das erstrebenswerte Taillenmaß für Damen am Hofe der Katharina von Medici.

38
Die Zahl der Minuten, die Großbritannien brauchte, um 1896 im kürzesten Krieg der Geschichte Sansibar zu besiegen.

39
Die Zahl der Taschentücher, die man benutzte, um 1821 George IV. während seiner Krönung die

verschwitzte Stirn zu wischen.

40
Die Zahl der Regierungen Frankreichs zwischen den beiden Weltkriegen.

42
Kilometerlänge der Berliner Mauer, die Ost- und Westberlin voneinander trennte.

47
Die Zahl der Aderlässe, die seine Ärzte Ludwig XIII. im Laufe eines einzigen Jahres verabreichten. Damit nicht genug, bekam er in derselben Zeit auch noch 212 Einläufe und wurde 215-mal geschröpft.

51
Zahl der Gründungsstaaten der Vereinten Nationen im Jahre 1945.

55
Anzahl der türkischen Gesandten, die sich weigerten, in Gegenwart von Vlad III. Drăculea, besser bekannt als Vlad der Pfähler, ihre Kopfbedeckungen abzunehmen, woraufhin er ihnen die Hüte auf die Köpfe nageln ließ.

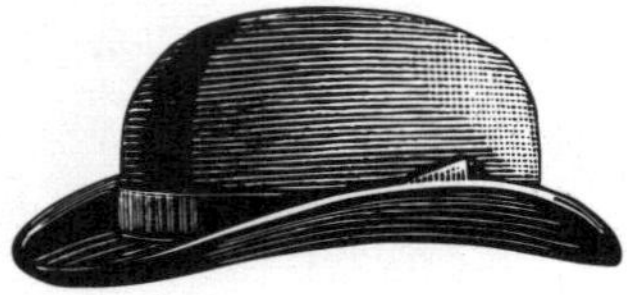

57
Zahl der Länder, die in den Zweiten Weltkrieg verwickelt waren.

61
Flughöhe in Zentimetern, die der erste Hubschrauber 1907 beim ersten bemannten Hubschrauberflug erreichte.

63
Die Zahl der Flugzeuge des britischen Fliegerkorps zu Beginn des Ersten Weltkrieges.

63
Der australische Soldat Herbert James »Ringer« Edwards überlebte im Zweiten Weltkrieg eine 63-stündige Kreuzigung durch die Japaner.

67
Die Zahl der Schiffe der Spanischen Armada, die nach Spanien zurückkehrten – von den 130, die man Jahre vorher hatte in See stechen lassen.

67
Zahl der Atomsprengköpfe, die zwischen 1946 und 1958 auf den Marshallinseln im Pazifischen Ozean detonierten.

70
Zahl der Tage, die man im antiken Ägypten für die

Mumifizierung eines verstorbenen Menschen benötigte.

82

Prozentsatz der Arbeiter beim Bau des Panamakanals, die an Malaria litten.

94

Zahl der Jahre, die König Pepi II. von Ägypten der Legende nach regierte. Allerdings ist die Zahl nicht belegt. Sollte sie stimmen, wäre es die längste Regentschaft der Welt vor König Alfonso I. von Portugal mit 73 Jahren und Ludwig XIV. von Frankreich mit 72 Jahren.

95

Die Zahl der Thesen, die Martin Luther 1517 an die Tür der Schlosskirche von Wittenberg nagelte.

97

Zahl der Passagiere an Bord des Luftschiffs Hindenburg, als es 1937 explodierte, wobei nur 35 von ihnen starben.

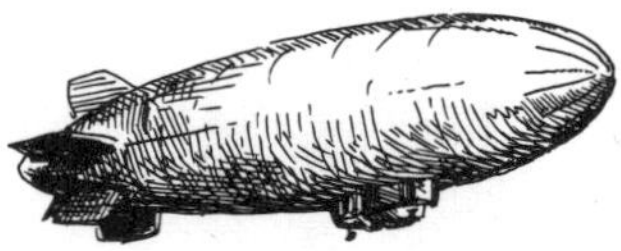

116

Die Anzahl der Jahre, die der Hundertjährige Krieg dauerte. Dabei handelte es sich nicht um einen einzigen Krieg, wie bei den beiden Weltkriegen, sondern um eine Serie von Auseinandersetzungen zwischen England und

Frankreich. Die erste begann im Jahre 1337, die letzte endete 1453 – daher die 116 Jahre. Es gab jedoch viele kurze und 2 längere Friedensperioden, sodass die Kämpfe insgesamt »nur« 81 Jahre ausmachten.

139

Die Anzahl von Fahrzeugen, die die gesamte US-amerikanische Automobilindustrie während des Zweiten Weltkrieges produzierte.

150

Marie Antoinettes bevorzugter Coiffeur entwarf eine Frisur namens *Loge d'opera*, die den Kopf der Trägerin um 150 Zentimeter überragte.

150

Zahl der Perücken im Besitz von Elisabeth I.

200

Reichweite eines mittelalterlichen Langbogens in Metern.

222

Zahl der unterschiedlichen Verbrechen, für die im Jahr 1819 in Großbritannien die Todesstrafe verhängt wurde.

230

Man hat ausgerechnet, dass in den vergangenen 3.500 Jahren nur 230 Jahre lang Frieden in der ganzen zivilisierten Welt herrschte.

240
Die Zahl der Frauen, die Sultan Murad IV. erbte, als er 1744 den Thron des Osmanischen Reiches bestieg. Er ließ jede Frau in einen Sack stecken und eine nach der anderen in den Bosporus werfen.

267
Die Zahl der Wörter in Abraham Lincolns Rede, der Gettysburg Address, in der er das demokratische Selbstverständnis der Vereinigten Staaten zusammenfasste.

269
Die Rekordzahl von Minuten, die Fidel Castros Rede vor den Vereinten Nationen 1960 dauerte.

370,14
Die Zahl der Kilometer, die Johann Sebastian Bach einmal zu Fuß lief, um in Lübeck den Organisten zu hören, auf dessen Stelle er sich bewerben wollte.

396
Die Zahl unterschiedlicher Herrscher, die Nicaragua zwischen 1839 und 1855 regierten.

413
Die Zahl der Betten im Besitz König Ludwigs XIV.

634
Die Zahl der Victoria-Kreuze, die während des Ersten Weltkriegs verliehen wurden – mehr als in jedem anderen Krieg.

673
Zahl der Männer, die im Krimkrieg auf britischer Seite bei der Attacke der Leichten Brigade beteiligt waren, als sie die russischen Truppen angriffen, um einige der erbeuteten Kanonen zurückzuerobern. Bis heute wird im Englischen mit »Charge of the Light Brigade« (ähnlich dem deutschen »Himmelfahrtskommando«) eine Unternehmung gemeint, die großen Mut und Disziplin erfordert, aber unvorbereitet und unorganisiert ist. Ein Scheitern wird quasi vorausgesetzt.

710
Zahl der Überlebenden des Untergangs der Titanic.

1.000
Der Tod der Tausend Schnitte, besser bekannt unter dem Namen Lingchi, war bis 1905 eine in China zulässige Folter- und Hinrichtungsmethode. Dabei wird das Opfer

aufrecht an einen Pfahl gefesselt, nacheinander werden Körperteile vom Rumpf abgetrennt: die Brust, Teile des Oberschenkels, die Arme, Beine und abschließend der Kopf.

1.513

Zahl der beim Untergang der Titanic umgekommenen Passagiere und Mannschaftsmitglieder.

3.994

Zahl der Eichenstämme, die im 14. Jahrhundert dazu verwendet wurden, Schloss Windsor zu bauen.

4.280

Zahl der von Buffalo Bill getöteten Büffel.

6.000

Anzahl der Bäume, die zum Bau des britischen Flaggschiffes HMS *Victory* verwendet wurden.

10.500

Sutoku, ein japanischer Herrscher, schrieb das Lankavatara-Sutra, ein 10.500 Wörter langes buddhistisches Traktat, mit seinem eigenen Blut ab.

15.000
Die Zahl der Kleider, die Zarin Elisabeth, die von 1741 bis 1762 in Russland herrschte, bei ihrem Tod hinterließ. Sie trug kein Kleid 2-mal.

20.000
Die Zahl jüdischer Widerstandskämpfer im Zweiten Weltkrieg.

27.500
Die Zahl der Arbeiter, die während der Bauarbeiten am Panamakanal starben.

30.000
Die vermutete Anzahl der Werwolfprozesse in Frankreich zwischen 1520 und 1630.

70.000
Um einen Aufstand in einer persischen Stadt zu bestrafen, ließ der Mongolenherrscher Tamerlan sämtliche Einwohner hinrichten. Er hinterließ eine Pyramide von 70.000 Schädeln, die außerhalb der Stadtmauern aufgestapelt waren.

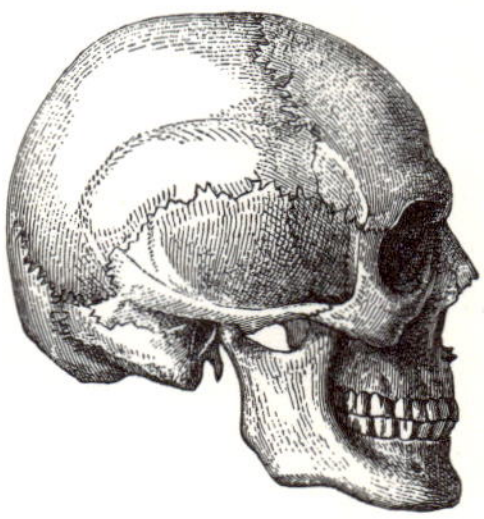

117.000
Abdul Kassem Ismael, der Großwesir Persiens im 10. Jahrhundert, nahm seine Bibliothek mit, wohin er auch ging. Die 117.000 Bände wurden in alphabetischer

Reihenfolge von
400 Kamelen
getragen.

222.570

Die Zahl der Menschen, die 2010 beim Erdbeben in Haiti starben.

830.000

Geschätzte Zahl der Todesopfer beim Erdbeben in Shaanxi, das sich im Jahr 1556 in China ereignete.

20.000.000

14 Millionen Menschen starben im Ersten Weltkrieg. Weitere 20 Millionen starben bei der Grippe-Epidemie, die darauf folgte.

Sport

0

Anzahl der Spiele, die in der Saison 2003/04 von Arsenal London verloren wurden. Damit war Arsenal der erste Club, der die Meisterschaft gewann, ohne auch nur ein einziges Spiel zu verlieren.

0

Die Anzahl der Versuche (vergleichbar mit Toren im Fußball), die der Rugbyspieler Jonah Lomu gegen Südafrika legte, obwohl er 13-mal gegen die Mannschaft antrat.

0

Anzahl der Tore, die die Schweizer Nationalmannschaft 2006 in der Endrunde der Weltmeisterschaft kassierte. Trotzdem wurde sie die erste Mannschaft der Welt, die ohne Gegentore bei einer WM aus der Endrunde ausschied.

0

Anzahl der Spieler des Tottenham Hotspur FC, die zwischen dem 27. Oktober 1928 und dem 4. Dezember 1965 bei Liga-Spielen vom Platz gestellt wurden.

1

Zahl der Olympischen Spiele, bei denen absichtlich Tiere getötet wurden: 1900 gab es die Disziplin Taubenschießen.

1

Die Zahl der britischen Premierminister, die ein Pferd besaßen, das ein Derby gewann: Earl Roseberry, 1894.

1

Zahl der Jockeys, die nach ihrem Tod ein Rennen gewannen. 1923 erlitt Frank Hayes mitten in einem Rennen im Belmont Park, New York, einen tödlichen Herzinfarkt. Sein Pferd Sweet Kiss jedoch bemerkte dies nicht, rannte weiter und gewann das Rennen mit seinem toten Reiter im Sattel.

1

Anzahl der Spieler des Rugbyverbandes, die während eines Länderspiels ein Monokel trugen: Dolway Walkington aus Irland – obwohl er es herausnahm, ehe er in ein Tackling ging.

1

Die Anzahl der Athleten, die olympisches Gold im Sprint errangen und dabei Kaugummi kauten: Thomas »Eddie« Tolan im 200-Meter-Lauf, 1932.

1

Zahl der englischen Nationalspieler, die während eines Fußballländerspiels eine Brille trugen: James Mitchell.

1

Zahl der First-Class-Kricketspieler, die bei dem Titanic-Unglück ums Leben kamen: der US-Amerikaner John Thayer.

2

Anzahl der Sportarten, in denen sich die Teams rückwärts bewegen müssen, um zu gewinnen: Tauziehen und Rudern. Das Rückenschwimmen ist kein Mannschaftssport.

2

Zahl der »Dead Heats« in einem Pferderennen, also Derbys, die ohne klar erkennbaren Sieger enden, weil 2 oder mehr Teilnehmer gleichzeitig das Ziel erreichen und auch im Fotofinish kein Pferd erkennbar vorn liegt. Das erste »Dead Heat« fand im Jahr 1828 statt – die beiden Pferde, die es betraf, wiederholten das Rennen am selben Nachmittag. Das zweite Derby, das »unentschieden« endete, trug sich 1884 zu, wo sich die beiden Jockeys anschließend im Wiegeraum trafen und darauf einigten, den Preis zu teilen.

2

Zahl der Tore, die der Drittligist AFC Bournemouth im englischen Pokalturnier der Saison 1983/84 gegen den haushohen Favoriten Manchester United erzielte – ohne selbst einen Treffer zu kassieren.

2

Die Spieler der tschechischen Nationalmannschaft, die 1934 das Finale der Weltmeisterschaft erreichten, kamen aus nur 2 Fußballvereinen.

2

Die Anzahl der Kricket-Länderspiele, die unentschieden endeten. Das erste zwischen den Westindischen Inseln und Australien 1960/61 in Brisbane, das zweite zwischen Australien und Indien 1986/87 in Madras.

2

Anzahl der »Holes-in-one« bei einer Golfrunde. Das gelang 2010 dem 75-jährigen Peter Wafford bei einem Veteranenturnier des Chigwell Golf Clubs in Chigwell, Essex. Die Chancen einer solchen Glückssträhne liegen bei 1 zu 67 Millionen.

3

Der britische Schiedsrichter Graham Poll verteilte im Jahre 2006 bei dem Weltmeisterschaftsspiel gegen Australien versehentlich 3 gelbe Karten an den Kroaten Josip Šimunić.

4

In der Geschichte des Profiboxens gingen nur 4 Männer in den ersten 11 Sekunden der ersten Runde durch K. o. zu Boden.

4

Anzahl der Bälle in einer Partie Krocket. Sie sind jeweils schwarz, blau, rot und gelb.

5

Zahl der einäugigen Spieler in dem Rugby-Länderspiel Frankreich gegen Schottland im Jahr 1920. Einer von ihnen war der bemerkenswerte Stürmer Marcel-Frédéric Lubin-Lebrère, der einige Jahre zuvor im Ersten Weltkrieg ein Auge verloren hatte und dem man außerdem 23 Granatsplitter aus dem Körper hatte entfernen müssen. Er wurde später übrigens zum Bürgermeister von Toulouse gewählt.

5

Die schnellste Verwarnung in der Premier-League des Fußballs gab es nach nur 5 Sekunden. Der Beschuldigte war

Vinnie Jones von Sheffield United in einem Spiel gegen Manchester City. Etwas später bekam er eine weitere Verwarnung, sodass er vom Platz musste.

5

Die Anzahl der Fußballvereine, für die der schottische Fußballer Kevin Bremner in der Saison 1982/83 Tore erzielt hat: Colchester United, Birmingham City (ausgeliehen), Wrexham (ausgeliehen), Plymouth Argyle (ausgeliehen) und Millwall (Transfer).

6

Die Anzahl der früheren, aktuellen oder zukünftigen Kapitäne der englischen Nationalmannschaft in den Reihen von Southampton zu Beginn der Achtzigerjahre: Alan Ball jr., Mick Channon, Kevin Keegan, Mick Mills, Peter Shilton und Dave Watson.

10

Auf den ersten 10 Metern nach dem stehenden Start ist ein Mensch schneller als ein Formel-1-Wagen.

10

Die Anzahl der Initialen von A.R.R.A.P.W.R.R.K.B. (Amunugama Rajapakse Rajakaruna Abeykoon Panditha Wasalamudiyanse Ralahamilage Rajitha Krishantha Bandara) Amunugama, besser bekannt als Rajitha Amunugama, der mehr Initialen für Vornamen als jeder andere First-Class-Kricketspieler hat.

11

1912 bei den Olympischen Spielen dauerte ein Halbfinale im Ringen 11 Stunden. Der Sieger, ein Este namens Martin Klein, war so erschöpft, dass er am folgenden Tag nicht am Finale teilnehmen konnte.

12

Die Anzahl der Vereine, die im Gründungsjahr 1888/89 zur britischen Fußballliga gehörten: Preston North End, Aston Villa, Wolverhampton Wanderers, Blackburn Rovers, Bolton Wanderers, West Bromwich Albion, FC Accrington, FC Everton, FC Burnley, Derby County, Notts County und Stoke City. Preston North End gewann den Titel ohne eine einzige Niederlage.

11

Während seiner Fußball-Karriere (1910 bis 1930) spielte der Schotte James Gordon von den Glasgow Rangers für seinen Verein auf allen 11 Positionen, einschließlich der des Torhüters.

13

Anzahl der Schiedsrichter bei einem Tennismatch: 10 Linienrichter, ein Netzrichter, ein Offizieller für die Fußfehler und der Head-Schiedsrichter.

13

Die Anzahl der Kricketspieler, die 200 Punkte bei Länderspielen erzielten und die Partie dennoch als Verlierer beendeten. 12 der 13 Schlagmänner widerfuhr dieses Schicksal einmal, nur der Westindische Kricketspieler Brian Lara erlebte es bei 3 verschiedenen Gelegenheiten.

13

Die Zahl der Werfer im Kricket, die in einem Länderspiel mit ihrem ersten Ball ein Wicket erzielten. Über hundert Spielern gelang es, mit dem letzten Ball in einem Länderspiel ein Wicket zu erzielen. Keiner der Spieler taucht gleichzeitig in beiden Listen auf.

14

So viele Nationen nahmen an den ersten Olympischen Spielen der Neuzeit 1896 teil.

14

So lange dauerte das längste Kricketländerspiel der Welt ohne Zeitbegrenzung – in Tagen. Es fand im Jahr 1939 zwischen Gastgeber Südafrika und England statt. Das Spiel endete bemerkenswerterweise unentschieden, obwohl die Engländer nur 42 weitere Runs für den Sieg benötigt hätten und 5 Wickets Vorsprung hatten. Aber das Schiff der Engländer lief am nächsten Tag zur Heimreise aus, und so wurde die Partie als unentschieden beendet.

17

Der Schauspieler Matthew Perry (bekannt aus der Serie *Friends*) war als Jugendlicher ein vielversprechendes Tennistalent. In seiner Heimat Kanada belegte er in der nationalen Jugendrangliste als Einzelspieler Platz 17 und im Doppel Platz 3.

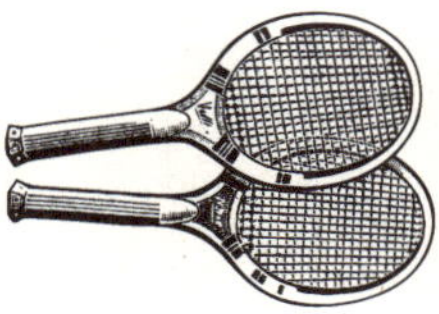

18

Die Anzahl der Spieler beim American Football, die im Jahr 1905 an den Verletzungen starben, die sie auf dem Spielfeld erlitten hatten. Dies bewog US-Präsident Theodore Roosevelt dazu, Maßnahmen zu fordern, die das Spiel sicherer machen sollten.

18

So oft stürzte der griechische Skifahrer Antoin Miliordos, ehe er bei einem Abfahrtslauf während der Olympischen Winterspiele 1952 die Ziellinie überquerte – rückwärts.

20

Anzahl der Spieler, die 1993 in Paraguay während des Fußballspiels zwischen Sportivo Ameliano und General Caballero einen Platzverweis bekamen.

22
1983 gewann der britische Rennfahrer John Watson als erster und einziger Fahrer einen Formel-1-Grandprix vom 22. Startplatz aus.

25
Wenn ein Baseball richtig hart getroffen wird, verändert er seine Form um mehr als 25 Prozent.

30
Die Zahl an Minuten, die das nächtliche Erstligamatch zwischen dem FC Portsmouth und Newcastle United am 22. Februar 1956 aufgehalten wurde, weil die Sicherungen des Flutlichts durchgebrannt waren.

30
Als Ted Hough im Jahre 1921 beim Southampton F.C. unterschrieb, belief sich die »Transfersumme« auf eine Runde Getränke, was sich am Ende auf fast 30 Liter Bier summierte.

32,66
Körpergewicht in Kilogramm von Raymond Hart Massey, dem Steuermann des Oxford-Achters von 1939. Inzwischen gilt eine

Gewichtsuntergrenze von 55 Kilogramm für den Steuermann.

35

Das längste Tandem der Welt wurde für 35 Radfahrer gebaut. Es war 20 Meter lang und wog so viel wie ein Kleinwagen.

36

Der längste Zeitraum in Jahren zwischen 2 Olympiateilnahmen. Der US-Amerikaner Ralph Craig (100-Meter-Sprint 1912) trat 1948 im Alter von 59 Jahren wieder bei den Olympischen Spielen an. Diesmal als Ersatzmann im US-Segelteam.

36

Die Rekordtorzahl, die in einem britischen Fußball-Erstligaspiel erreicht wurde. Am 12. September 1885 spielte Arbroath gegen Bon Accord 36:0. Es ist kaum zu glauben, aber am selben Tag und im selben Wettbewerb (dem Scottish Cup) schlug der FC Dundee Harp die Aberdeen Rovers mit 35:0. Der Schiedsrichter dieses Spiels behauptete sogar, das Ergebnis hätte 37:0 gelautet, aber der Vereinssekretär der siegreichen Mannschaft von Dundee Harp meinte, es seien nur 35 Tore gewesen. Deshalb schloss sich der Schiedsrichter dieser Meinung an.

45

Das erste Kricket-Länderspiel fand im Jahr 1877 zwischen Australien und England in Melbourne statt. Australien gewann mit 45 Runs. 1977 fand zum hundertjährigen Jubiläum ein Freundschaftsspiel zwischen beiden Ländern statt. Wieder gewann Australien in Melbourne gegen England mit 45 Runs – exakt dasselbe Ergebnis wie hundert Jahre zuvor beim Eröffnungsspiel.

59

Der Hochspringer Franklin Jacobs sprang im Jahr 1978 ganze 59 Zentimeter höher, als er selbst groß war. Dieser Rekord im Höhenunterschied ist bisher ungebrochen.

66

Die Anzahl der Läufer beim bedeutendsten Pferdehindernisrennen im Vereinigten Königreich, dem Grand National im Jahr 1929.

68

Prozentsatz der Spieler im Profi-Eishockey, die mindestens einen Zahn verloren haben.

85

In einem Fußball-Erstligaspiel gibt es durchschnittlich 85 Einwürfe, also fast einen pro Spielminute.

99,94

Die Durchschnittszahl der Runs im Kricket, die der australische Schlagmann Sir Donald Bradman während seiner Karriere in Länderspielen erzielte. In seinem letzten Inning (1948 gegen England) benötigte er gerade noch 4 Runs, um mit einem Durchschnitt von genau 100 seine Karriere zu beenden. Aber er wurde von Werfer Eric Hollies mit dem zweiten Ball aus dem Spiel genommen, ohne einen Run zu erzielen. Damit blieb es bei einem Durchschnitt von 99,94 in Länderspielen – immer noch weit mehr als beim Nächsten in der Rangliste.

100

Vor 1900 dauerten Boxpreiskämpfe bis zu 100 Runden.

101,2

Am 21. Juni 2005 erreichte das lauteste Stöhnen von Maria Sharapova auf dem Centercourt in Wimbledon einen Messwert von 101,2 Dezibel. Das ist lauter als ein Motorrad oder ein Rasenmäher.

103

Der älteste Spieler, der seine Golfrunde mit einer Schlagzahl abschloss, die seinem Alter entsprach, war Arthur Thompson aus Victoria, British Columbia in Kanada. 1973 benötigte er 103 Schläge.

108

Die Anzahl der Stiche in einem Baseball.

111

Die Anzahl der Punkte, die abergläubische britische Kricketspieler am meisten fürchten. Das ist wahrscheinlich darauf zurückzuführen, dass die Zahl so aussieht wie die 3 aufrecht stehenden Stäbe des Wickets ohne die beiden Querstäbe darüber. Besonders abergläubische Schlagmänner hüpfen auf einem Bein, wenn der Spielstand 111 oder ein Mehrfaches davon (222, 333, ...) beträgt.

122

Anzahl der 400-Meter-Hürdenlauf-Siege von Ed Moses in ununterbrochener Reihenfolge.

138

Das längste Tennismatch der Welt fand 2010 in Wimbledon statt, bei dem der US-Amerikaner John Isner den Franzosen Nicolas Mahut nach einer Spielzeit von 11 Stunden und 5 Minuten bezwang. Das Spiel erstreckte sich über insgesamt 3 Tage. Der Grund für die Spieldauer lag darin, dass für den Gewinn des letzten Satzes ein Vorsprung von 2 Aufschlägen erforderlich ist. Das Ergebnis des letzten Satzes lautete 70 zu 68 – 138 Aufschläge, für die 8 Stunden und 11 Minuten benötigt wurden. Damit ist es der längste Satz der Tennisgeschichte, sowohl was das Ergebnis als auch die Spielzeit angeht.

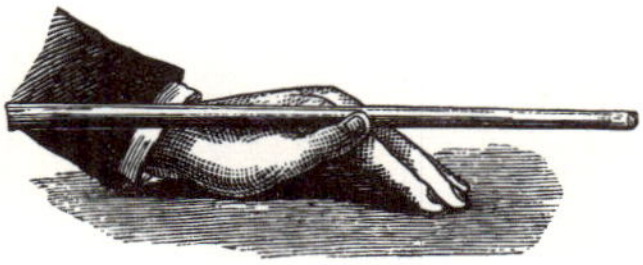

147

Beim Snooker bezeichnet man eine Serie von Punkten, die ein Spieler erreicht, wenn er am Zug ist, als Break. Ziel des Spiels ist, abwechselnd die roten und eine der 6 andersfarbigen Kugeln zu versenken, bis alle Kugeln vom Tisch sind und nur noch die schwarze übrig bleibt. Das höchstmögliche Break im Snooker würde so eine Punktzahl von 147 erzielen.

177

Der Badminton-Ball erreicht eine Höchstgeschwindigkeit von über 177 Stundenkilometern.

200

Die Zahl der Zuschauer, die zum ersten Wimbledon-Turnier im Jahr 1877 kamen. Der Eintrittspreis betrug damals einen Shilling. Der erste Champion, Spencer Gore, bekam ein Preisgeld von 12 Guineen.

223

Die Anzahl der Tennismatches, die Jean Borotra in den 20er- und 30er-Jahren in Wimbledon bestritt. Er hält damit den Rekord bei den Männern.

250

Eddie Arcaro, einer der erfolgreichsten Jockeys in der Geschichte des US-amerikanischen Pferderennens, ritt 250-mal auf Verlierer-Pferden, bevor er sein erstes Rennen gewann.

251,05

Die höchste Geschwindigkeit in Stundenkilometern, die auf Skiern jemals erreicht wurde. Den Rekord erzielte der Italiener Simone Origone im April 2006 in Les Arcs, Frankreich.

286

Das Gewicht des schwersten Sumoringers aller Zeiten, dem Hawaiianer Konishiki Yasokichi, bekannt unter dem Namen »Dump Truck« (Kipplaster), in Kilogramm.

311

Anzahl der männlichen Wettkämpfer bei den ersten Olympischen Spielen der Neuzeit.

325

1930 erzielte Englands Spieler Andy Sandham den ersten je in Kricket-Länderspielen erreichten Dreifach-Century, der seinem Team 325 Punkte einbrachte.

Und das in seinem letzten Länderspiel.

326

Die Anzahl der Tennismatches, die Martina Navrátilová in ihrer Wimbledonzeit bestritt. Das ist Rekord bei den Damen.

350

Die Zahl der Fußballfans, die 1964 während der Ausschreitungen ums Leben kamen, die sich ereigneten, als der Schiedsrichter Peru den Ausgleichstreffer aberkannte. Der Schiedsrichter sagte später: »Jeder kann mal einen Fehler machen.«

375

Die Zahl der echten Mitglieder des All England Lawn Tennis and Croquet Clubs, dem Wimbledon gehört und der das Turnier ausrichtet. Es gibt auch Ehrenmitglieder, zu denen ehemalige Einzelsieger des Turniers gehören.

920,80

So viele Meter misst der längste Golfkurs der Welt. Das Par-6 Loch ist die sechste Bahn des Chocolay-Downs-Golfplatzes in Marquette, Michigan.

3.000

Die Zahl der Kühe, die erforderlich ist, um die Footballs herzustellen, die die US-National-Football-League jährlich benötigt.

46.001

Die höchste Anzahl von Liegestützen, die jemals an einem Tag ausgeführt wurden.

52.000

Die Zahl der Bälle, die jedes Jahr beim Tennisturnier in Wimbledon benötigt werden.

250.000

Beim Ballhochhalten geht es darum, einen Fußball möglichst häufig mit Brust, Fuß, Kopf oder Oberkörper zu berühren, ohne dass er Bodenkontakt hat. Einige Balljongleure bringen es darin zu wahrer Meisterschaft. Der Rekord bei den Männern wurde im Mai 2009 durch den Briten Dan Magness aufgestellt, dem es im Londoner Covent Garden gelang, den Ball 24 Stunden vom Boden fernzuhalten. Zwar gab es keine offizielle Zählung, aber es wird geschätzt, dass er den Ball 250.000-mal traf. Er brach damit den Rekord des Brasilianers Martinho Eduardo Orige aus dem Jahr 2003, der den Ball für 19 Stunden und 30 Minuten in der Luft hielt.

20.000.000

Die Zahl der Golfbälle, die jährlich auf britischen Golfplätzen an Wasserhindernissen verloren gehen.

Spiele

3
Beim 10-Pin-Bowling nennt man das Kunststück, 3 Strikes hintereinander zu erzielen, einen »turkey«.

3
Die Anzahl der Jahre, die 100 Spieledesigner brauchten, um das Computerspiel *Sims 3* zu entwickeln.

5
Als Richard Pavelle der Zauberwürfel in den Swimmingpool fiel, tauchte er ihm hinterher und musste nur 5-mal zum Luftholen an die Oberfläche kommen, bevor er den Würfel gelöst hatte.

7,5
Ein Bowlingkegel fällt schon bei einem Neigungswinkel von nur 7,5 Grad um.

17
Wenn es perfekt gemacht wird, kann man jede Kombination eines Zauberwürfels in nur 17 Zügen auflösen.

21
Die Summe der Augen eines Würfels.

24
Die Anzahl der Dreiecke, auch Punkte oder Zungen genannt, auf einem Backgammonbrett.

28
Anzahl der zu verkaufenden Grundstücke auf einem *Monopoly*-Brett.

30
Die Anzahl der Sprachen, in denen *Scrabble* erhältlich ist.

30
Wenn alle Legosteine dieser Welt gleichmäßig aufgeteilt würden, bekäme jeder Mensch auf der Welt jeweils 30 Stück.

51
Der Weltrekord im Ditschen, dem Springenlassen von Steinen auf einer glatten Wasseroberfläche, liegt bei 51 Sprüngen.

52
Die Anzahl der Fehler, die das Spiel *Monopoly* laut Parker Brothers angeblich enthielt, als sie es anfangs ablehnten.

64
Prozentsatz britischer Haushalte, die ein *Scrabble*-Spiel besitzen.

64

Die Anzahl der Quadrate auf einem Schachbrett.

78

Anzahl der Karten in einem Tarotdeck.

121

Die Zahl der Länder, in denen *Scrabble* hergestellt wird.

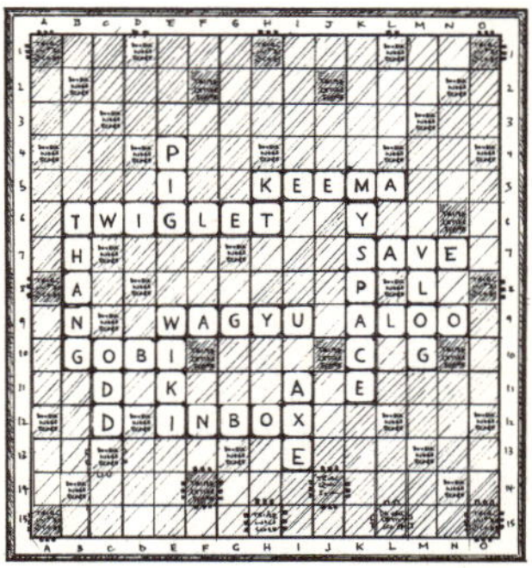

126

Seit der Produktion des ersten *Slinky* (Schraubenfedern aus Metall, die die Treppe runtergehen können) wurden weltweit über 300 Millionen Exemplare verkauft und 50.000 Tonnen Draht verbraucht. Wenn man sie alle miteinander verbinden würde, könnte man damit 126-mal die Welt umrunden.

136

Die Zahl der Standardfelder in einem *Mahjong*-Spiel.

138

Die höchstmögliche Punktzahl, die man in einem deutschsprachigen *Scrabble* im ersten Zug erzielen kann: 138 mit »MYXÖDEM« (das ist eine Erkrankung mit Hautanschwellungen). In der englischen Version sind es 126 mögliche Punkte mit »SQEEZY« oder »QUARTZY«.

172,72
Der Abstand in Zentimetern, den das Bull's Eye einer Dartscheibe zum Boden haben muss.

216
Summe aller Zahlen in einem Kartenspiel mit 52 Karten.

240
Die Anzahl der weißen Punkte bei einem *Pac-Man*-Spielautomaten, die die Spielfigur »fressen« muss.

300
Die höchstmögliche Punktzahl beim 10-Pin-Bowling.

324
Die Zahl der möglichen Kombinationen von Mordfällen in einem *Cluedo*-Spiel, bei dem es 6 potenzielle Verdächtige gibt, 6 mögliche Waffen und 9 verschiedene Orte, an denen sich der Mord zugetragen haben könnte:
6 x 6 x 9 = 324.

666

Die Summe aller Zahlen eines Roulettekessels.

1.680

Dauer des längsten offiziell bestätigten *Monopoly*-Spiels in Stunden. Das sind über 70 Tage.

26.040

Der höchste Betrag, den man bei *Monopoly* mit einer Runde um das Brett verlieren kann (nach normalen Regeln, bei denen man nur einmal pro Spiel ins Gefängnis muss), beträgt 26.040 *Monopoly*-Dollar.

2.598.960

Die Anzahl der möglichen Hände in einem Pokerspiel.

318.979.564.000

Es gibt 318.979.564.000 verschiedene Möglichkeiten für die ersten 4 Züge beim Schach.

1.929.770.126.028.800

Die Anzahl aller möglichen Farbkombinationen eines Zauberwürfels.

Wissenschaft & Natur

1

Nur ein Liter gebrauchtes Motorenöl würde ausreichen, um eine Million Liter Trinkwasser ungenießbar zu machen.

1

Wenn man 8 Jahre, 7 Monate und 6 Tage lang schreien würde, hätte man genug Schallenergie erzeugt, um damit eine Tasse Kaffee zu erhitzen.

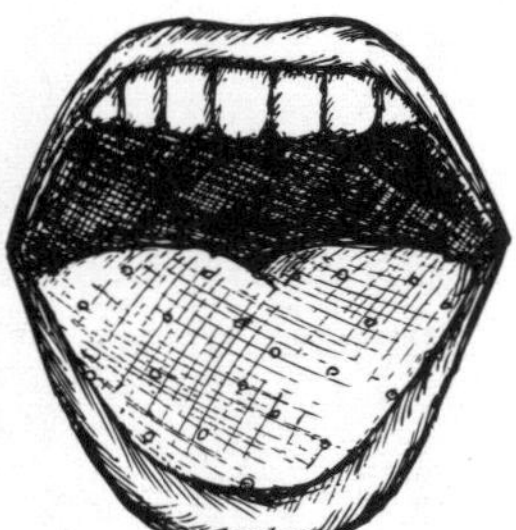

1,3

Ein Scrupel ist ein Apothekergewicht und entspricht 20 Gran oder rund 1,3 Gramm.

2,8

Der pH-Wert von Coca-Cola.

7

Der pH-Wert von reinem Wasser. Ein höherer pH-Wert kennzeichnet Lauge, ein niedrigerer Säure.

7,5
Prozentualer Anteil von Kupfer in Sterlingsilber.

10
So viel Prozent aller Arzneimittel sind nach Schätzungen der Weltgesundheitsorganisation gefälscht.

13
Anzahl der lebenswichtigen Vitamine.

13,5
Etwa 13,5 Prozent aller Wissenschaftler sind Frauen.

18
Schall wird 18-mal schneller durch Stahl weitergeleitet als durch Luft.

24
Reines Gold hat 24 Karat.

56
In einem Bleistift ist genug Grafit, um damit eine 56 Kilometer lange Linie zu zeichnen.

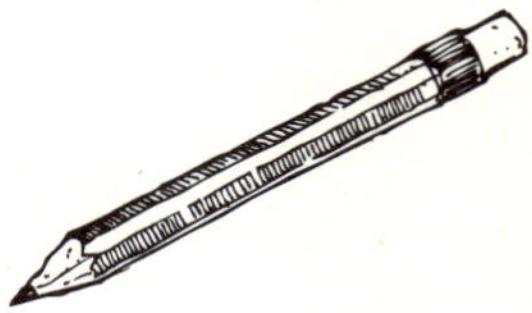

70
Prozentualer Anteil aller lebenden Organismen auf der Welt, die Bakterien sind.

71
Der größte Goldklumpen, der jemals gefunden wurde, wog 71 Kilogramm und stammte aus Australien.

85

So viel Prozent aller Gynäkologen sind Männer.

90

Prozentsatz aller Wissenschaftler, die es jemals auf der Erde gegeben hat, die zurzeit am Leben sind.

98

Prozentsatz der Trefferquote, mit der ein Computerprogramm für Menschen mit unterschiedlichen Krankheiten eine zutreffende Diagnose erstellen konnte. Ärzten gelang es vergleichsweise nur in 78 Prozent der Fälle, eine richtige Diagnose zu finden.

200

In den Ozeanen der Welt findet man 200-mal mehr Gold, als in der gesamten Menschheitsgeschichte jemals in Minen geschürft wurde.

250

Ein wissenschaftlicher Satellit benötigt für seinen Betrieb nur 250 Watt Energie.

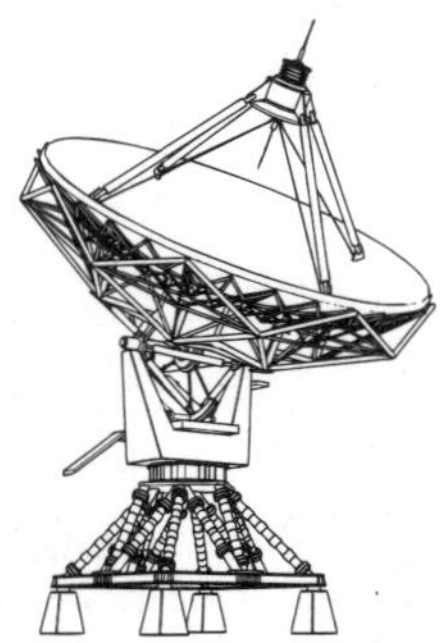

322
Airbags explodieren bei 322 Stundenkilometern.

760
Gewicht eines durchschnittlichen Geruchs in Nanogramm.

982
Zeichenkohle wird aus gemahlenem Holz gemacht, das auf 982 Grad Celsius erhitzt wird, wodurch eine kohleartige Substanz entsteht, die als Holzkohle bekannt ist.

3.422
Temperatur in Grad Celsius, bei der Wolfram schmilzt. Es hat den höchsten Schmelzpunkt aller Metalle.

4.000
Menge der Zuckerkörner, die man braucht, um einen Teelöffel zu füllen.

4.827
Wenn Glas bricht, bewegen sich die Risse mit einer Geschwindigkeit von bis zu 4.827 Stundenkilometern.

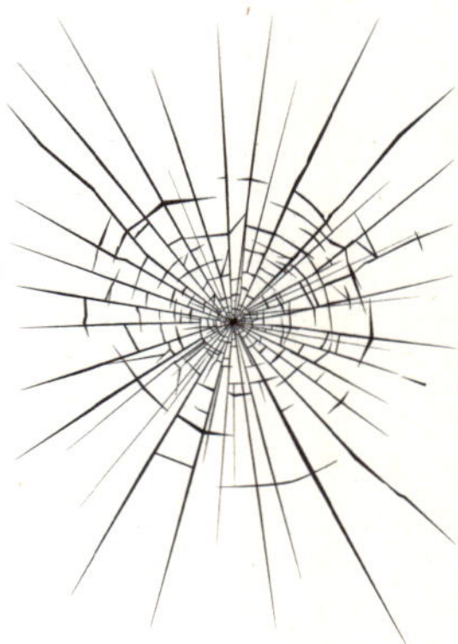

7.000
Anzahl der Kirschen an einem durchschnittlichen Kirschbaum.

15.000
Geschätzte Zahl der bekannten Orchideenarten. 20 Prozent davon findet man in Brasilien.

15.000
Wegen der Erdanziehungskraft kann kein Berg höher als 15.000 Meter werden.

200.000
Ein durchschnittlicher Eisberg wiegt 200.000 Tonnen.

1.250.000
Menge der Orchideensamen, die man braucht, um ein Gramm zusammenzubekommen.

2.000.000
Menge der Wasserstoffatome, die man brauchen würde, um den Punkt am Ende dieses Satzes zu verdecken.

3.100.000
Die Zahl der Einzelteile einer Boeing 767.

10.000.000
Anzahl der Bakterien in einem Liter Milch oder einem Gramm Erde – oder an der Stelle des Schreibtisches, wo normalerweise die Hände aufliegen.

70.000.000

Die größte Blütenpflanze ist 70 Millionen Mal größer als die kleinste.

9.192.631.770

Eine Sekunde wird definiert als das 9.192.631.770-Fache der Periodendauer der dem Übergang zwischen den beiden Hyperfeinstrukturniveaus des Grundzustandes von Atomen des Nuklids ^{133}Cs entsprechenden Strahlung. Deshalb heißt sie auch Atomsekunde.

Meteorologie

–40
Die Gradzahl, bei der Celsius die exakt gleiche Temperatur wie Fahrenheit hat.

1
Zahl der Menschen, die von einem Meteoriten getötet wurden. Manfredo Settala ist der einzige Mensch in der aufgezeichneten Geschichte der Welt, der so ums Leben kam.

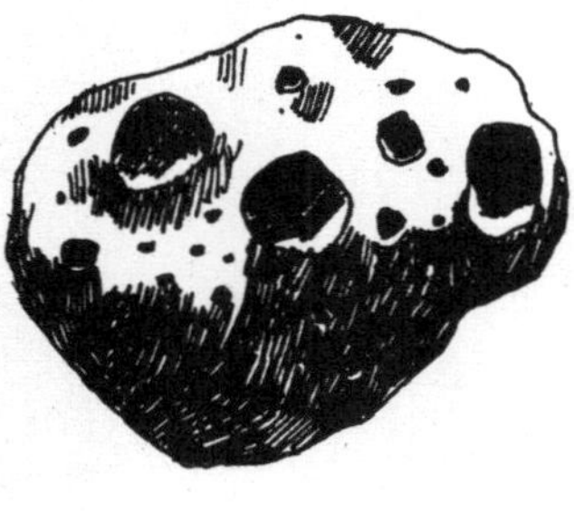

2
Der Temperaturabfall in Grad Celsius während einer totalen Sonnenfinsternis.

3
Anzahl der Stunden, in denen am 14. August 1979 ein Regenbogen über Nord-Wales zu sehen war.

9
Ein Vollmond ist 9-mal heller als ein Halbmond.

10
Anzahl der Minuten, die ein Hurrikan braucht, um mehr Energie freizusetzen als alle nuklearen Waffen der Welt zusammen.

15
In Großbritannien wird eine Dürre offiziell als 15 aufeinanderfolgende Tage mit weniger als 0,2 Millimeter Niederschlag definiert.

22,5
Geschwindigkeit in Kilometern pro Stunde, mit der ein durchschnittlicher Regentropfen zur Erde fällt.

32
Sehr starker Regen prasselt mit einer Geschwindigkeit von 32 Stundenkilometern auf den Boden.

40
Zahl der Tonnen Sternenstaub, die täglich auf die Erde fallen.

40
Wenn es am St.-Swithins-Tag regnet, wird es auch in den 40 folgenden Tagen regnen, dem Aberglauben zufolge.

40
Einen Regenbogen kann es nur geben, wenn die Sonne 40 oder weniger Grad über dem Horizont steht.

57,8
Die höchste Temperatur in Grad Celsius, die jemals irgendwo auf der Welt gemessen wurde, in Al-'Azīziyah/Libyen am 13. September 1922.

60
Bis zu 60 Minuten kann es dauern, bis eine Schneeflocke von einer Wolke aus die Erdoberfläche erreicht.

82
So viel Prozent aller Personen, die je von einem Blitz getroffen wurden, sind Männer.

92
Zahl der Menschen, die 1988 in Bangladesch von riesigen Hagelkörnern getötet wurden, die ein Gewicht von bis zu einem Kilo erreichten.

100
Die Zahl der Blitze, die in jeder Sekunde auf der Erde einschlagen.

1.800
Anzahl der Gewitter, die in jedem beliebigen Moment auf der Erde stattfinden.

31.078,8
Quadratkilometer des größten je erfassten Eisbergs. Er war 321,86 Kilometer lang und 96,56 Kilometer breit – also größer als Belgien.

500.000.000
Während eines einzigen Gewitters können bis zu 500.000.000 Liter Regen fallen.

7.000.000.000
Anzahl der Nebelpartikel, die man bräuchte, um damit einen Teelöffel zu füllen.

10.000.000.000
Die Wettervorhersage für einen Tag erfordert etwa 10 Milliarden mathematische Berechnungen.

16.000.000.000.000.000.000.000.000
Die Wahrscheinlichkeit, innerhalb eines Jahres vom Blitz getroffen zu werden, beträgt etwa 1:20 Millionen. Roy C. Sullivan erlangte traurige Berühmtheit, weil er zwischen 1942 und 1977 ganze 7-mal von Blitzen getroffen wurde, 6-mal davon bei der Arbeit im Shenandoah-Nationalpark in Virginia/USA, wo er den Großteil seines Lebens verbrachte. Die Wahrscheinlichkeit, dass dies passiert, beträgt 1:16 Quadrillionen. Sullivan überlebte alle Blitzeinschläge und nahm sich 1983 das Leben.

Astronomie

–178
Die Oberflächentemperatur des Saturns in Grad Celsius.

–145
Die Oberflächentemperatur des Jupiters in Grad Celsius.

2
Der Jupiter ist 1000-mal größer als die Erde und mehr als doppelt so groß wie alle anderen Planeten unseres Sonnensystems zusammen.

2,5
Wenn man auf dem Merkur stehen würde, käme einem die Sonne 2,5-mal so groß vor wie von der Erde aus betrachtet.

7
Die Gesamtzahl der Mond- und Sonnenfinsternisse, die in einem einzelnen Jahr rein rechnerisch möglich wären.

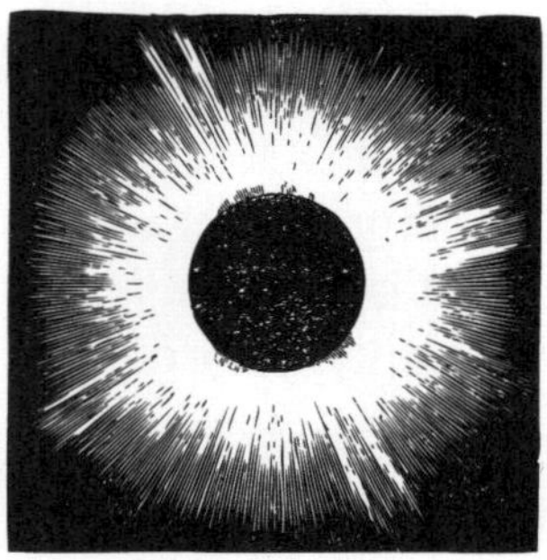

8,5
Anzahl der Minuten, die das Licht braucht, um von der Sonne aus die Erde zu erreichen.

9,8
Zahl der Stunden eines Jupitertages – auf seinem Äquator.

10
Anzahl der Meere auf dem Mond.

11
Anzahl der Jahre, in denen es auf der Sonne zu einem sogenannten Polsprung kommt, bei dem die magnetischen Pole ihre Plätze tauschen und es zu einer kompletten Umkehr des solaren Magnetfeldes kommt.

12
Zahl der Personen, die den Mond betreten haben.

16,99
Der Geschwindigkeitsrekord in Stundenkilometern auf der Mondoberfläche. Er wird von einem Mondmobil gehalten.

20
Anzahl der Sekunden, die der Apollo-11-Mannschaft geblieben wäre, um zu entscheiden, ob sie auf dem Mond landen oder das Vorhaben abbrechen. Einige nicht eingeplante Manöver im Vorfeld hatten das ohnehin schon knapp kalkulierte Treibstoffbudget sehr strapaziert.

21
Sommer und Winter dauern auf dem Uranus 21 Jahre.

88
Anzahl der (bekannten) Sternbilder.

142
Anzahl der Jahre, die man von der Erde bis zur Sonne brauchen würde, wenn es möglich wäre, mit 120 Stundenkilometern durch den Weltraum zu fahren. Bei gleicher Geschwindigkeit würde es 38 Millionen Jahre dauern, um den nächstgelegenen Stern zu erreichen.

152
So viele Minuten verbrachte Neil Armstrong auf dem Mond.

248,4
Die Anzahl der Jahre, die Pluto braucht, um einmal die Sonne zu umkreisen.

362,10
Durchschnittliche Windgeschwindigkeit auf dem Jupiter in Stundenkilometern.

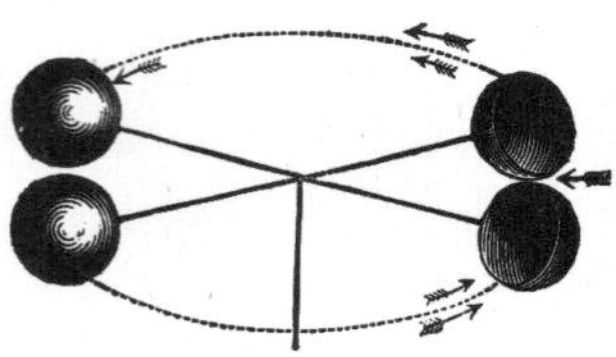

462
Die Oberflächentemperatur der Venus in Grad Celsius.

530

Für jedes Extrakilo Nutzlast, das man in den Weltraum befördern will, braucht man zusätzlich 530 Kilogramm Treibstoff.

1.200

Die durchschnittliche Windgeschwindigkeit auf dem Planeten Saturn.

3.537

Zahl der Jahre, die man brauchen würde, um zur Sonne zu laufen.

25.000

Zahl der Lichtjahre, die wir von der Canis-Major-Zwerggalaxie, unserem nächstgelegenen galaktischen Nachbarn, entfernt sind.

1.300.000

Das Volumen der Sonne ist 1.300.000-mal größer als das der Erde.

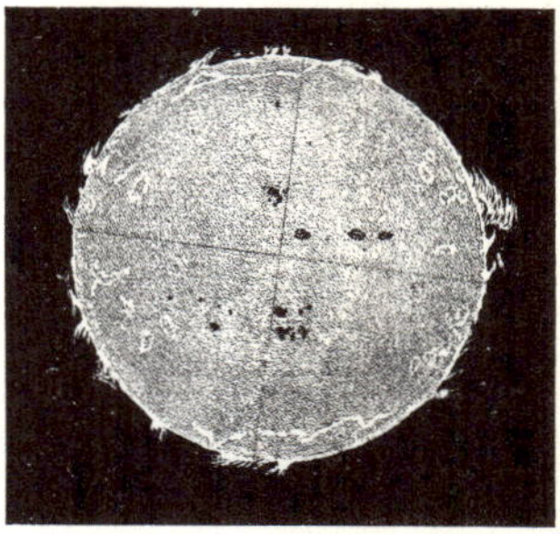

2.571.731,71

Die Zahl der Kilometer, die die Erde täglich zurücklegt.

29.000.000

Ein Auto, das mit einer Geschwindigkeit von 160 Stundenkilometern fährt, würde 29 Millionen Jahre benötigen, um den nächstgelegenen Stern zu erreichen.

330.000.000

Der Schweif des Großen Kometen im Jahre 1843 hatte eine Länge von 330 Millionen Kilometern. Er wird im Jahr 2356 in unsere Galaxie zurückkehren.

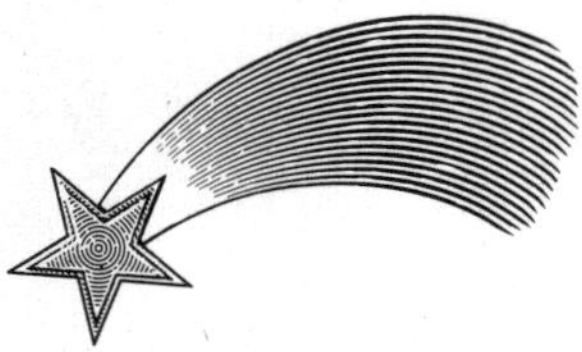

360.000.000

Die Sonne verliert jährlich 360 Millionen Tonnen Gewicht.

5.000.000.000

Die Milchstraße enthält 5 Milliarden Sterne, die größer sind als die Sonne.

10.000.000.000

Die meisten Sterne leuchten für mindestens 10 Milliarden Jahre.

Wirbellose

1
Die Zahl der Lebensmittel, die nicht von Kakerlaken gefressen werden: Gurken.

1
Die Anzahl der Wirbellosen mit einziehbaren Fühlern: die Schnecke.

2
Zahl der Jahre, die Taranteln ohne Nahrung auskommen können.

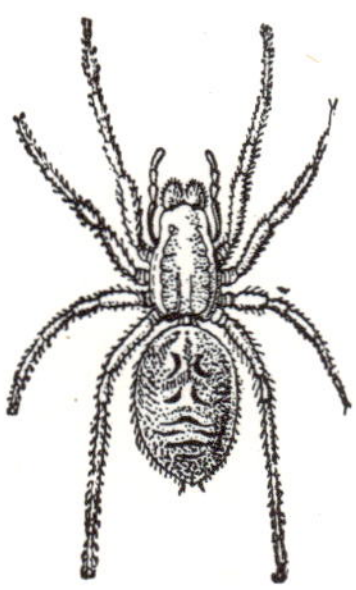

2
Der Hals des Giraffenhalskäfers ist doppelt so lang wie sein Körper.

2
Zahl der Wochen, die Ameisen unter Wasser überleben können.

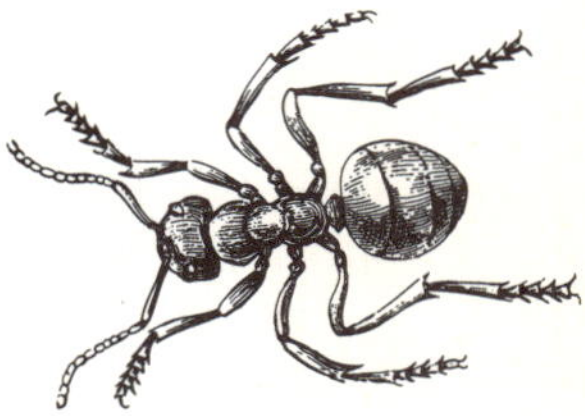

2,9
Die Entfernung in Kilometern, auf die eine männliche Zigeunermotte ein paarungsbereites Weibchen riechen kann.

3

Zahl der Körperteile, die jedes Insekt hat: einen Kopf, einen Brustteil und einen Hinterleib. Außerdem haben sie 6 Gliederbeine und 2 Fühler, die sie als Sensoren benutzen.

3

Zahl der Jahre, die eine Schnecke schlafen kann, ohne zu fressen.

4

Eine durchschnittliche Spinne spinnt in ihrem Leben über 6 Kilometer Spinnfäden.

4

Nacktschnecken haben 4 Nasen.

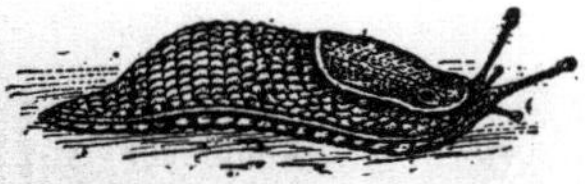

4

Flöhe sind in der Lage, 4 Stunden lang ununterbrochen Blut zu saugen. Allerdings können ihre Mägen so viel Blut nicht aufnehmen. Deshalb scheiden sie den Überschuss aus, den dann ihre Jungen fressen.

5

Anzahl der Herzen eines Regenwurms.

8

Im Verhältnis zu ihrer Größe ist eine gewöhnliche Hausspinne 8-mal so schnell wie ein Olympiasprinter.

9

Zahl der Stunden, die eine Ameise braucht, um 1,6 Kilometer zurückzulegen.

10
Alle Termiten dieser Welt wiegen zusammen 10-mal so viel wie alle Menschen dieser Welt.

10
Prozentsatz aller weltweiten Lebensmittelvorräte, die von Insekten gefressen werden.

11
Anzahl der Gehirne, die eine Seidenraupe hat – auch wenn sie nur 5 davon nutzt.

12
Schnecken paaren sich nur einmal im Leben. Das kann aber bis zu 12 Stunden dauern.

12
Zahl der Stunden, die eine Spinne braucht, um eine große Fliege zu fressen.

12
Anzahl der Augen einer Raupe.

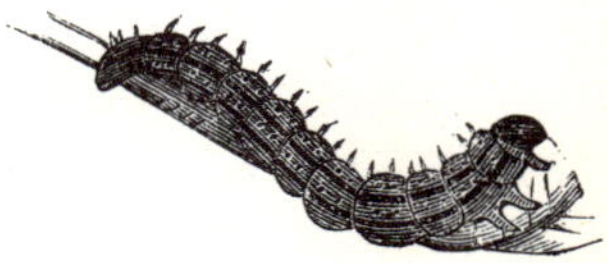

15
Anzahl der Minuten, die eine Kakerlake unter Wasser überleben kann.

17
Die Singzikade, eine Fliege aus Afrika, verbringt 17 Jahre ihres Lebens schlafend. In den 2 Wochen, in

denen sie wach ist, paart sie sich erst und stirbt dann.

18
Die Anzahl der Stunden, in denen Kakerlaken nach ihrem Tode weiterhin Methangas absondern.

24
Ausgewachsene Ohrwürmer können bis zu 24 Stunden im Wasser treiben, ohne zu sterben.

27
Die Temperatur in Grad Celsius, auf die ein Schmetterling seinen Körper erwärmt, ehe er losfliegt.

30
Eine Ameise kann das 30-Fache ihres eigenen Gewichts ziehen.

32
Anzahl der Gehirne eines Blutegels.

33
Der längste Bandwurm, der je in einem menschlichen Körper gefunden wurde, war 33 Meter lang.

45
So viel Gramm Honig produziert eine einzelne Biene in ihrem gesamten Leben.

47
Anzahl der Zähne eines Moskitos.

50
Eine Ameise kann das 50-Fache ihres eigenen Körpergewichts heben.

50
Einige Kakerlaken sind so schnell, dass sie pro Sekunde das 50-Fache ihrer eigenen Körperlänge zurücklegen können.

50
Unter den richtigen Voraussetzungen können Termitenköniginnen bis zu 50 Jahre alt werden.

55
Die Lange Nemertine gehört zu den Schnurwürmern. 1864 wurde eine Lange Nemertine an die Küste Schottlands gespült, die 55 Meter lang war. Selbst bei Normalmaß sind Lange Nemertinen mit 30 Metern unglaublich lang – dennoch sind sie nur selten dicker als ein Zentimeter.

61
Geschwindigkeit einer Schnecke – in Stundenzentimetern.

75
Die Zahl der Blumen, die eine einzelne Biene während eines Sammelfluges besucht.

80
Prozentsatz aller Lebewesen auf der Erde, die 6 Beine haben.

99
Prozentsatz der Tarantelbabys, die von ihren eigenen Müttern getötet werden.

100
Das Gewicht des schwersten Insekts der Welt, dem Goliathkäfer, in Gramm.

150
Im Vergleich zum Gesamtkörpergewicht gerechnet, wäre eine Hummel 150-mal stärker als ein Elefant.

200
Die Sensoren an den Beinen des Admiralfalters sind 200-mal geschmackssensibler für Zucker als die menschliche Zunge.

200
Skorpione können 200-mal mehr radioaktive Strahlen aushalten als Menschen.

350

Ein Floh kann das 350-Fache seiner Körperlänge springen.

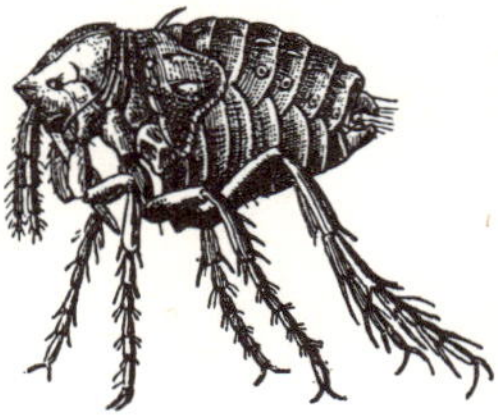

572

Anzahl der Flügelschläge, die ein Moskito pro Sekunde macht.

650

Zahl der verschiedenen Blutegelarten. Aber nur der Hirudo medicinalis wird für medizinische Zwecke benutzt.

750

Die ungefähre Anzahl der Beine eines Tausendfüßlers.

1.800

Es gibt über 1.800 bekannte Floharten.

2.000

So viele Eier legt eine Bienenkönigin pro Tag.

2.000

Anzahl der Muskeln einer Raupe. Zum Vergleich: Menschen haben 656.

3.000

Es gibt 3.000 verschiedene Arten von Läusen.

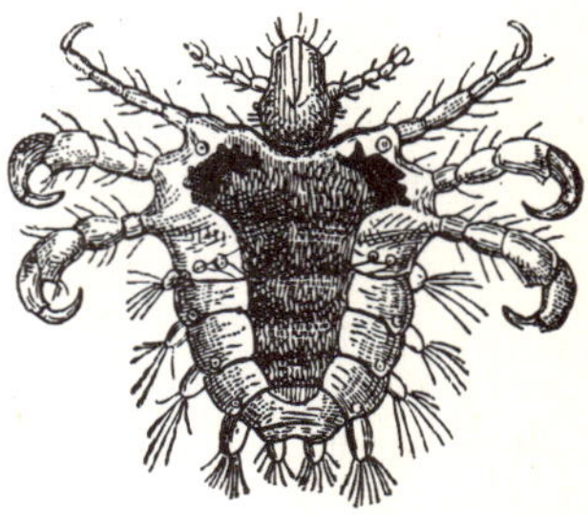

4.023
Der Amerikanische Monarchfalter ist das einzige bekannte Insekt, das über 4.023 Kilometer weit fliegen kann. Während seiner Wanderung überquert er den US-amerikanischen Kontinent vom Norden bis in den Süden, um in Kalifornien oder Nordmexiko zu überwintern.

11.400
So oft schlägt eine Biene pro Minute mit ihren Flügeln.

18.000
Zahl der Schmetterlingsarten.

25.000
Die Anzahl der Zähne einer Schnecke.

30.000
Vom Ei bis zur Verpuppung nimmt die Größe einer Raupe um mehr als das 30.000-Fache zu.

30.000
Die Anzahl der Facetten pro Auge einer Libelle.

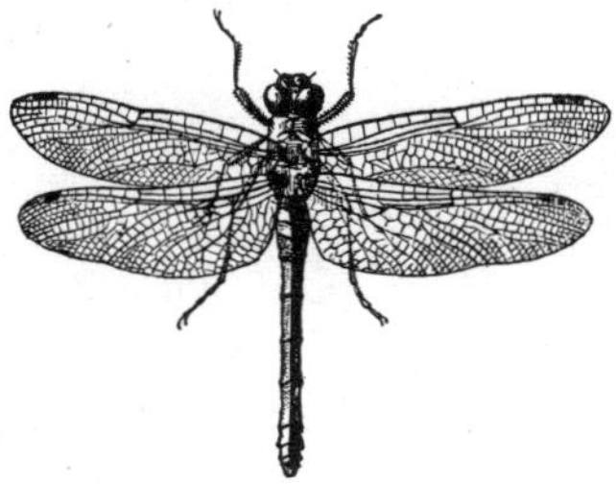

80.000
Ein großer Schwarm Heuschrecken kann pro Tag bis zu 80.000 Tonnen Mais verzehren.

350.000
Zahl der bekannten Käferarten dieser Welt –

und weitere Millionen warten noch darauf, benannt zu werden.

1.000.000
Auf jeden Menschen dieser Welt kommen 1.000.000 Ameisen.

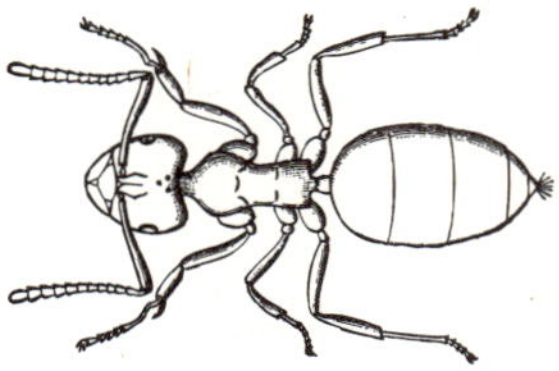

2.000.000
Um ein Pfund Honig zu produzieren, müssen Honigbienen den Nektar von 2 Millionen Blüten sammeln.

6.000.000
Die Wahrscheinlichkeit, dass ein Mensch durch einen Stich einer Biene getötet wird, beträgt 1:6 Millionen.

8.000.000
In jedem Hektar Waldboden stecken bis zu 8 Millionen Würmer.

100.000.000
Vor über 100 Millionen Jahren entwickelten sich die Ameisen aus Wespen.

150.000.000
Die Zahl der Nachkommen, die ein weiblicher Moskito pro Jahr hervorbringen kann.

200.000.000
Auf jeden Menschen auf der Erde kommen schätzungsweise 200 Millionen Insekten.

700.000.000
700 Millionen Menschen weltweit sind

von blutsaugenden Hakenwürmern befallen.

6.000.000.000

Anzahl der Staubmilben in einem typischen Bett.

Wassertiere

0,014

Das Hirn eines Pottwals wiegt 7,8 Kilogramm, aber das entspricht lediglich 0,014 Prozent seines Körpergewichts.

0,016

Das langsamste Lebewesen im Meer ist das Seepferdchen mit etwa 0,016 Stundenkilometern.

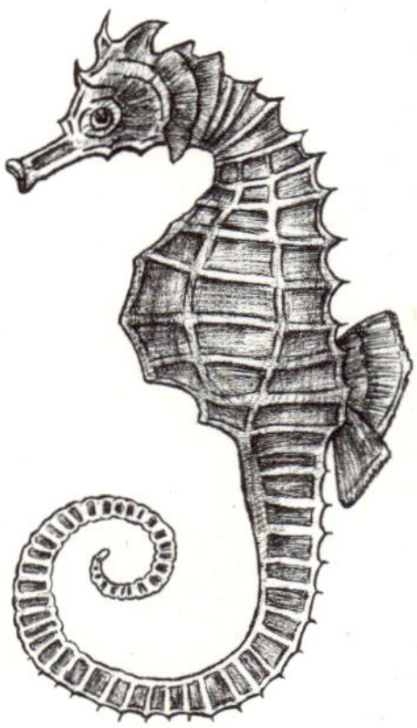

1

Delfine lassen beim Schlafen ein Auge geöffnet.

1

Nur ein Prozent der 500.000.000 Eier, die eine amerikanische Auster jährlich legt, schafft es bis zur Reife.

1

Die Anzahl der Wochen, die ein Hai braucht, bis ihm ein neues Gebiss gewachsen ist.

1

Zahl der Bisse oder Spritzer der Blaugeringelten Krake, die ausreichen, um beim Menschen eine sofortige Lähmung und binnen Minuten den Tod herbeizuführen.

2

Menge der Nahrung in Tonnen, die ein großer Wal täglich verschlingt.

2

Weibliche Wale können bis zu doppelt so alt werden wie männliche Wale.

2

Seeotter haben 2 Fellschichten.

2,5

Der Riesentintenfisch kann bis zu 2,5 Tonnen schwer werden.

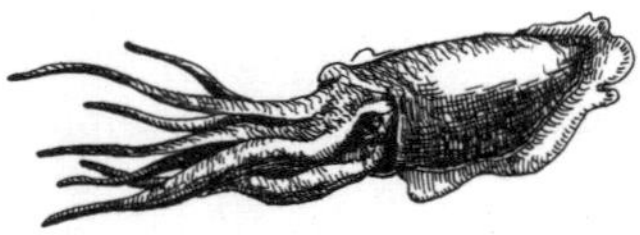

3

Um eine Mahlzeit zu verdauen, brauchen Galapagos-Schildkröten bis zu 3 Wochen.

3

Delfine haben 3 Mägen.

3

Ein Wal kann 3 Monate schwimmen, ohne zu fressen.

3
Anzahl der Herzen, die in einem Oktopus schlagen.

4
So viele Minuten dauert es, bis der Tod eintritt, wenn man von einer Würfelqualle gestochen wird.

4
Atlantische Lachse können bis zu 4 Meter hoch springen.

5
Die elektrische Spannung des Zitteraales ist so groß, dass er seine Opfer damit auf 5 Metern Entfernung töten kann.

6
Anzahl der Millisekunden, die ein Anglerfisch braucht, um sich seine Beute zu schnappen – was viel schneller ist, als dass andere Tiere es sehen könnten.

7,5
Ein Blauwaljunges ist bei seiner Geburt 7,5 Meter groß.

9
Das Herz eines Blauwals schlägt nur 9-mal pro Minute.

10
Männer werden rund 10-mal häufiger von Haien angegriffen als Frauen.

10
Zahl der Arme eines Tintenfisches.

11,5
Die Weddellrobbe kann 11,5 Kilometer weit tauchen, ohne zum Luftholen an die Oberfläche zu kommen.

14
Delfine haben das beste Gehör im ganzen Tierreich. Sie hören 14-mal besser als Menschen und sind in der Lage, unter Wasser ein Geräusch auf mehrere Kilometer Entfernung wahrzunehmen.

14,5
Thunfische schwimmen mit einer konstanten Geschwindigkeit von 14,5 Stundenkilometern, bis sie sterben. Sie sind buchstäblich immer in Bewegung.

35
Die Gattung der größten Seepferdchen misst 35 Zentimeter.

40
Prozentsatz der eigentlich als monogam geltenden Seepferdchen, die sich während einer Brutsaison trennen und pünktlich zu den Reproduktionszyklen neue Bindungen eingehen.

45
Zahl der Lebensjahre von Goldie, dem ältesten bekannt gewordenen Goldfisch, der 1960 auf einem Jahrmarkt gewonnen wurde.

54
Kilogewicht eines Schwertfisches, den man – mit unversehrtem Schwert – im Bauch eines 330 Kilo schweren Makohais fand.

60
Seekühe können bis zu 60 Jahre alt werden.

80,5
Der Rote Thun – auch als Blauflossen-Thunfisch bekannt – schafft eine Geschwindigkeit von bis zu 80,5 Stundenkilometern.

85
Prozent allen Lebens auf der Erde sind Plankton.

90
So viel Prozent aller Lebewesen unserer Welt leben im Meer.

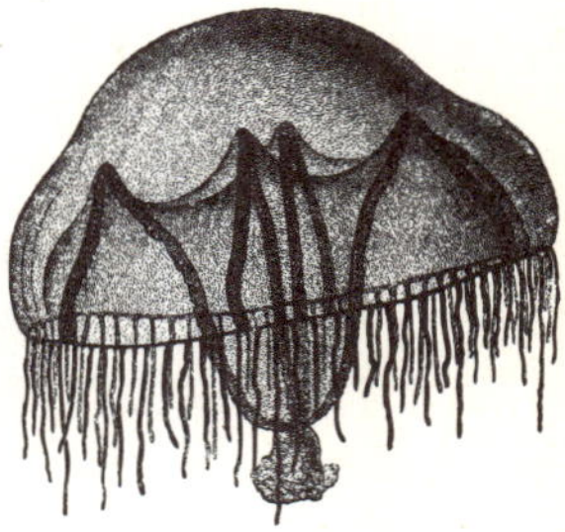

90
Eine europäische Süßwassermuschel kann 90 Jahre alt werden.

90
Der Schlaf einer Robbe dauert nur 90 Sekunden.

90
So viel Prozent aller Fischfänge weltweit stammen von der Nordhalbkugel.

95
Eine Qualle besteht zu 95 Prozent aus Wasser.

100
Zahl der Augen einer Jakobsmuschel – und sie sind alle blau.

100
Ein männlicher Seelöwe kann über 100 Weibchen haben.

140
Geschätztes Lebensalter von »George«, dem Hummer, der 2009 aus dem nordamerikanischen Atlantik gefischt und anschließend von einer Tierschutzorganisation vor dem Kochtopf eines New Yorker Delikatessenrestaurants gerettet wurde.

188
Zahl der Dezibel, die ein Blauwal mit seinem Pfeifen erreicht – das lauteste Geräusch, das ein Lebewesen erzeugen kann.

200
Kraken haben im Durchschnitt rund 200 Saugnäpfe pro Arm.

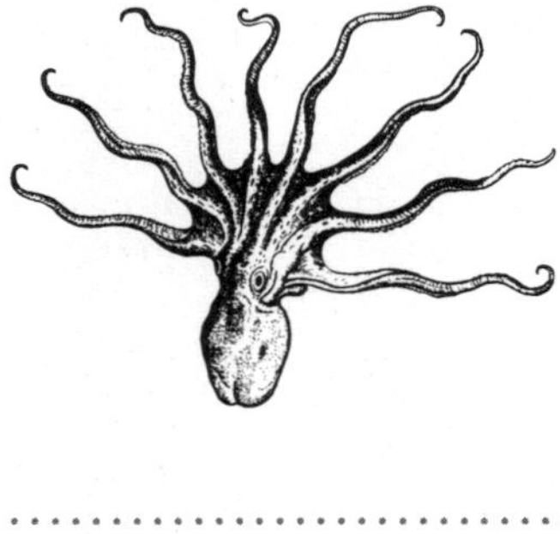

400
Anzahl der Meter, die ein Fliegender Fisch in bis zu 30 Sekunden in der Luft zurücklegen kann, um seinen Jägern zu entkommen.

400
Voltzahl, die ein Zitteraal erzeugen kann.

800
Fische, die tiefer als 800 Meter unter der Wasseroberfläche leben, haben keine Augen.

2.000
Mit der Menge an Milch, die ein Grauwalkalb pro Tag trinkt, könnte man 2.000 Flaschen füllen.

4.828
Um die Flüsse und Seen zu erreichen, in denen sie später den Großteil ihres Lebens verbringen werden, schwimmen viele frisch geschlüpfte Aale 4.828 Kilometer ohne Unterbrechung.

19.312
Zahl der Kilometer, die Grauwale jährlich bei ihren Wanderungen zurücklegen – mehr als jedes andere Säugetier der Welt.

21.000
Es gibt etwa 21.000 verschiedene Fischarten auf der Welt.

27.000
Anzahl der Geschmacksknospen eines Katzenfisches – mehr als jedes andere Lebewesen.

150.000
Anzahl der Eier, die ein Hummer auf einmal legen kann.

224.000
Der Blauwal wiegt in etwa so viel wie 224.000 Exemplare von *Moby Dick*.

1.500.000
Ein 15-jähriger Thunfisch hat in seinem Leben mehr als anderthalb Millionen Kilometer zurückgelegt.

2.000.000
Der weibliche Seestern produziert 2 Millionen Eier im Jahr, die zu 99 Prozent von anderen Fischen gefressen werden.

5.000.000
Ein Dorsch laicht durchschnittlich 5.000.000 Eier ab.

20.000.000
Anzahl der Seepferdchen, die jährlich zur Verwendung in der traditionellen Medizin

gefangen werden. Als Folge davon ist der Seepferdchenbestand in den letzten 15 Jahren um 70 Prozent zurückgegangen.

170.000.000

Anzahl der Neuronen im Hirn eines Oktopus. Das menschliche Hirn hat über 100 Milliarden Neuronen.

Vögel

1

Anzahl der Vogelarten, deren Leder wir verwenden: der Strauß.

1

Zahl der Eier, die ein Kondorweibchen alle 2 Jahre legt.

1

Zahl der Vogelarten mit Nasenlöchern am Ende ihres Schnabels: der Kiwi.

1

Anzahl der Vogelarten – um nicht zu sagen *aller* Lebewesen, außer dem Menschen –, die Zungenküsse austauschen. Der Vogel, um den es geht, ist die Weißstirnamazone. Nachdem sich ihre Zungen berührt haben, erbricht sich das Männchen allerdings auf die Brust des Weibchens.

1
Zahl der Vogelarten, die rückwärtsfliegen können: der Kolibri.

1
Zahl der Vogelarten, die aufrecht gehen können: der Pinguin.

2
Zahl der Zehen, die ein Strauß an jedem Fuß hat.

2
Die Zahl der Minuten, um die der liberale Politiker und Parlamentsabgeordnete Sir William Edge bei einem Rennen von London nach Leicestershire gegen eine Schar Brieftauben unterlag. Er verlor aber nur, weil sein Zug Verspätung hatte.

2
Zahl der Wochen, die »Goldie«, der Goldadler, im Jahr 1965 aus dem Londoner Zoo entflogen war. Er wurde während seiner Zeit in Freiheit mit seinen Flügen über die Straßen und Bäume vom Regent's Park zur nationalen Berühmtheit.

2
So oft hat ein Pinguin pro Jahr Sex.

3
Tauben können visuelle Informationen 3-mal so schnell verarbeiten wie wir.

3
Zahl der Augenlider einer Ente.

3
Zahl der Minuten, die ein Lappentaucher unter Wasser bleiben kann.

4
Anzahl der Augenlider eines Straußes. Die inneren Lider sind zum Blinzeln und halten den Augapfel feucht. Die äußeren Lider sollen potenzielle Partner anlocken.

4,6
Die Flügelspannweite des weltgrößten Pelikans in Metern.

5
Der Breitschwanzkolibri trinkt am Tag eine Menge Nektar, die so viel wiegt wie das 5-Fache seines Körpergewichts.

5
Der Kot, den ein Huhn während seiner Lebenszeit produziert, könnte genug Strom liefern, um damit eine 100-Watt-Glühbirne 5 Stunden lang brennen zu lassen.

10

Von den 10.000 bisher bekannten Vogelarten wurden 10 domestiziert.

11

So viel Kilo Gewicht verliert der männliche Kaiserpinguin in den 60 oder mehr Tagen, in denen er der antarktischen Kälte trotzt, um sein Ei mit seinem Nachwuchs zu beschützen. Er legt es auf seine Füße und bedeckt es mit einer Bauchfalte. Während der ganzen Zeit nimmt er keine Nahrung zu sich.

11,4

Ein Pelikan kann in seinem Kehlsack bis zu 11,4 Kilogramm Fisch und Wasser halten.

12

Der männliche europäische Zaunkönig baut bis zu 12 Nester, um ein Weibchen anzulocken.

12

Der prozentuale Anteil der Eierschale am Gesamtgewicht eines Vogeleies.

13
Der längste gemessene Flug eines Huhns dauerte 13 Sekunden.

16
Zahl der Kilometer, die ein Kondor fliegen kann, ohne mit den Flügeln zu schlagen.

20
Häufigkeit, mit der ein Specht pro Sekunde klopfen kann.

20
Zahl der Minuten, die ein Kaiserpinguin die Luft anhalten kann.

20
Papageien haben im Schnitt ein Vokabular von 20 Wörtern. Es hat aber auch schon Papageien mit einem Wortschatz von über 100 Wörtern gegeben.

24
Anzahl der Hühnereier, die man braucht, um das Gewicht eines Straußeneies aufzuwiegen.

25
Zahl der Lebensjahre der ältesten Ente der Welt.

28
Die Biologie kennt 28 Ordnungen in der Systematik der Vögel.

34
Kilogewicht des schwersten jemals aufgezogenen Truthahns.

40
Anzahl der Minuten, die man braucht, um ein Straußenei weich zu kochen.

40
Anzahl der unterschiedlichen Muskeln in einem Vogelflügel.

42
Die Anzahl der Tage, die es dauert, bis ein Strauß aus seinem Ei schlüpft.

50
Eine Eule kann die Bewegung einer Maus aus 50 Metern Entfernung und bei einer Beleuchtung erkennen, die so schwach ist wie Kerzenschein.

50
Ein Flamingo kann bis zu 50 Jahre alt werden.

70
So viele Jahre kann ein Andenkondor alt werden.

70
Anzahl der unterschiedlichen (verbreiteten) Hühnerarten.

75
Prozentsatz der Wildvögel, die sterben, ehe sie 6 Monate alt sind.

80,5
Geschwindigkeit in Stundenkilometern, die wilde Truthähne über kurze Distanzen fliegen können. Zuchttruthähne können nicht fliegen. Wilde Truthähne sind auch auf dem Boden schnell und erreichen Laufgeschwindigkeiten von bis zu 48 Stundenkilometern.

90
So viel Prozent aller Vogelarten sind monogam.

156
Ein ausgewachsener männlicher Strauß,

der größte Vogel, der auf der Welt lebt, kann bis zu 156 Kilo schwer werden.

300

Die Zahl der unterschiedlichen Rufe einer Krähe.

965

Tauben können bis zu 965 Kilometer am Tag fliegen.

2.000

Ein Straußenei ist 2.000-mal größer als das kleinste Vogelei – das eines Kolibris. Ein Straußenei wiegt 12 Kilogramm. Das Ei eines Kolibris nur ein halbes Gramm.

39.981

Biologen der Wake Forest University verfolgten den Flug eines Albatros, der sich auf Nahrungssuche für seinen Nachwuchs befand. In Flügen quer über den Nordpazifik legte er dabei in nur 90 Tagen 39.981 Kilometer zurück – eine Flugstrecke, die einer Erdumkreisung entspricht.

Reptilien

1

Zahl der Lungen, die von den meisten Schlangenarten zum Atmen benutzt werden.

2

Anzahl der Jahre, die junge Krokodile nach dem Schlüpfen von ihren Müttern beschützt werden – anders als bei anderen Reptilien.

2

Zahl der Köpfe der stacheligen Dornteufel-Eidechse. Einer von beiden ist jedoch eine Attrappe und befindet sich auf dem Hinterkopf der Echse. Wenn der Dornteufel ernsthaft bedroht wird, streckt er dem Angreifer den falschen Kopf entgegen und versteckt den echten unter seinen Vorderfüßen.

3

Anzahl der Schlangenarten auf der Insel Tasmanien. Alle 3 verfügen über ein tödliches Gift.

3

Anzahl der Augen einer Eidechse. Das sogenannte Scheitelauge hilft den Tieren dabei, zwischen Sonnenaufgang und Sonnenuntergang zu unterscheiden, da es besonders empfindlich auf blaues und grünes Licht reagiert.

9,5

Der Komododrache – die größte Echse der Welt – hat einen so feinen Geruchssinn, dass er ein totes oder sterbendes Tier über eine Entfernung von bis zu 9,5 Kilometern riechen kann.

12

Die Anzahl der Monate, die manche Schlangen ohne Nahrung auskommen können.

12

Schlangen können bis zu 12 Stunden Sex haben.

13

Dreiecksnattern legen etwa 13 Eier – in die Dunghaufen anderer Tiere.

17,70

Geschwindigkeit in Stundenkilometern, die ein Krokodil rennen kann.

26

Das Chamäleon lässt seine Zunge mit einer Geschwindigkeit von

26 Körperlängen pro Sekunde herausschnellen – schneller, als es das menschliche Auge wahrnehmen kann. Sie trifft ihre Beute in etwa 0,03 Sekunden.

28
Anzahl der Minuten, die ein Leguan unter Wasser bleiben kann.

118
Zahl der Schafe, die an dem Gift einer einzigen Tigerotter sterben würden.

3.000
Bis zu 3.000 Zähne kann ein Alligator in seinem Leben bekommen.

200.000
Der Inlandtaipan ist die giftigste Schlange der Welt. Das Gift, das er bei einem Biss abgibt, würde ausreichen, um damit 200.000 Mäuse zu töten.

Säugetiere

0

So oft kniet sich eine Giraffe in ihrem ganzen Leben hin.

0,000000000002

Ein Stinktier kann man schon riechen, wenn nur 0,0000000000002 Gramm seines Sekrets frei werden.

0,15

So viel Prozent des Körpergewichts eines afrikanischen Elefanten entfallen auf sein Gehirn. Es wiegt etwa 7,5 Kilogramm.

1

Ein neugeborenes Känguru wiegt weniger als ein Gramm und würde auf einen Teelöffel passen.

1

Anzahl der Lebewesen – vom Menschen abgesehen –, die an Lepra erkranken können: das Gürteltier.

1

Zahl der Tritte, die eine Giraffe benötigt, um einen Löwen zu töten.

1
Hamster blinzeln immer nur mit einem Auge.

1
Zahl der Lebewesen – vom Menschen abgesehen –, die einen Kopfstand machen können: der Elefant.

1
Zahl der Bärenarten, die eine blaue Zunge haben: der Schwarzbär.

1
Frettchen haben nur eine einzige Blutgruppe – alle anderen Säugetierarten haben mehrere.

1
Zahl der Katzenarten, die ihre Krallen nicht einziehen können: der Gepard.

1,6
Schimpansen erzeugen ein Zwitschern, das man weiter als anderthalb Kilometer hören kann.

1,82
Wenn eine Giraffe zur Welt kommt, fällt sie etwa 1,82 Meter tief.

2
Anzahl der Jahre, die ein Biberjunges mit seinen Eltern verbringt.

2

Anzahl der Wochen, die Schafe, in einer Schneewehe begraben, überleben können.

2

Das Geweih eines männlichen Elchs hat eine Spannweite von etwa 2 Metern.

2

Zahl der Stunden, die Elefanten täglich schlafen.

2

Zahl der Jahre, die ein afrikanischer Elefant trächtig ist.

2

Anzahl der Säugetiere, die Eier legen: das Schnabeltier und der Ameisenigel. Die Mütter füttern ihre Babys durch Poren in ihrer Haut.

2

Zahl der Wochen, die ein Hamster trächtig ist.

2

Zahl der Hunde, die den Untergang der Titanic überlebten.

2

Löwen können erst brüllen, wenn sie 2 Jahre alt sind.

3

Anzahl der Augenlider eines Kamels pro Auge. Die 3 Lider braucht es, um seine Augen vor dem Flugsand zu schützen.

3

Zahl der Tage, die sich Ratten über Wasser halten können.

3

In Indien wird der Begriff »Menschenfresser« nur bei Tigern gebraucht, die mehr als 3 Menschen getötet haben. Normalerweise werden Tiger erst zu Menschenfressern, wenn sie zu alt werden, um Wildtiere zu erbeuten.

3

Der Braune Fettschwanzmaki, der in Madagaskar zu finden ist, bringt immer 3 Junge zu Welt. Es sind stets Drillinge.

3

Ein Karibujunges kann im Alter von 3 Tagen schneller rennen als seine Mutter.

3,8

Die Haut eines Nilpferdes ist 3,8 Zentimeter dick – fast kugelsicher.

4

Anzahl der Knie eines Elefanten – das einzige

Tier (außer dem Menschen), das damit ausgestattet ist.

4

Die Augen eines Esels sind so auf seinem Kopf platziert, dass er in der Lage ist, seine 4 Beine gleichzeitig zu sehen.

4

Zahl der Jungen pro Wurf eines Gürteltieres. Diese haben immer alle dasselbe Geschlecht.

4

Eine Milchkuh produziert im Jahr das 4-Fache ihres Körpergewichts an Mist.

4

Anzahl der Katzenarten, die brüllen können – aber nicht schnurren: Löwen, Leoparden, Tiger und Jaguare.

4

Zahl der Meter, die ein Hase mit einem Sprung zurücklegen kann.

5

Stinktiere können die 5-fache Menge des Schlangengifts vertragen, die ein Kaninchen töten würde.

5

Das seit der Eiszeit ausgestorbene Wollhaarmammut hatte Stoßzähne, die fast 5 Meter lang waren.

5,5

Ein Puma kann 5,5 Meter weit springen.

6

So viele Tage braucht ein Faultier, um seine Nahrung zu verdauen.

6

Die Nachtsicht von Tigern ist 6-mal besser als die des Menschen.

6

Anzahl der unterschiedlichen Laute, die Pferde benutzen, um sich zu verständigen.

7

Ein Pferd frisst pro Jahr etwa das 7-Fache seines Körpergewichts.

8

Distanz in Metern, die das australische Rote Riesenkänguru mit nur einem einzigen Sprung überbrücken kann.

8

Das Gebrüll eines ausgewachsenen Löwen ist so laut, dass man es fast 8 Kilometer weit hören kann.

9

So viele Liter Wasser kann ein Elefant in seinem Rüssel halten.

9,5

Entfernung in Kilometern, über die eine Kuh Gerüche wahrnimmt.

10

So lange dauert ein durchschnittlicher Geschlechtsakt bei Schimpansen – in Sekunden.

10

In der Mongolei gibt es 10-mal so viele Pferde wie Menschen.

12

Alle in Gefangenschaft lebenden Goldhamster weltweit gehen auf ein wildes Goldhamsterweibchen zurück, das 1930 in Syrien gefunden wurde. Es hatte gerade 11 Junge zur Welt gebracht, von denen 3 Männchen und ein Weibchen überlebten. Von ihnen stammen alle weiteren domestizierten Goldhamster ab.

12

So viele Kilometer kann ein Schwein in vollem Galopp zurücklegen.

13
Einige Dinosaurier hatten bis zu 13 Meter lange Schwänze.

18
Anzahl der Nickerchen, die ein Kaninchen täglich macht.

18,5
Zahl der Stunden, die ein durchschnittliches Gürteltier am Tag schläft.

19
Anzahl der Katzenbabys des größten dokumentierten Wurfs der Geschichte – 4 von ihnen wurden allerdings tot geboren.

20
Zahl der Stunden, die ein Löwe pro Tag schläft.

20
Anzahl der Jahre, die Eichhörnchen in Gefangenschaft erreichen können. Tatsächlich haben sie in freier Wildbahn eine Lebenserwartung von nur einem Jahr, da sie entweder Krankheiten, ihren Fressfeinden, der Unterernährung, Autos oder Menschen zum Opfer fallen.

20

Anzahl der Minuten, die eine Giraffe pro Tag schläft.

20

Ein Löwe in freier Wildbahn erlegt normalerweise nicht mehr als 20 Tiere pro Jahr.

22

Zahl der Stunden, die ein Koala täglich schläft.

23

So viel Kilogramm Mist produziert ein ausgewachsener Elefant pro Tag.

24

1859 brachte ein Farmer die ersten 24 Wildkaninchen nach Australien. Heute schätzt man ihre Zahl auf rund 300 Millionen.

25

Prozentsatz aller Pferde in den USA, die 1872 einer Epidemie zum Opfer fielen.

26
Hauskatzen schnurren mit etwa 26 Hertz. Ein Dieselmotor im Leerlauf nur mit circa 13 Hertz.

28
Die durchschnittliche Lebenserwartung eines Nacktmulls beträgt 28 Jahre. Er wird älter als jedes andere Nagetier der Welt und 7-mal älter als gleich große Mäuse.

29
So alt wurde der älteste Hund der Welt in Jahren.

30
Sowohl Elefanten als auch Schimpansen verfügen über rund 30 verschiedene Laute, um mit Artgenossen über unterschiedliche Dinge zu kommunizieren.

32
Anzahl der Muskeln, die eine Katze in jedem Ohr hat.

32
Die verbreitete Kleine Braune Fledermaus aus Nordamerika lebt mit einer Lebenserwartung von bis zu 32 Jahren in Relation zu ihrer Körpergröße von allen Säugetieren am längsten.

32
Anzahl der Kilometer, auf die ein Polarbär einen Menschen riechen kann.

34
Das höchste Alter, das eine Katze jemals erreicht hat.

38
Kilogewicht der Menge an Bambus, die von einem Riesenpanda an einem Tag gefressen wird.

38
Länge in Zentimetern, die das Brotmesser hatte, das ein 45 Zentimeter großer Collie-Staffordshire-Mischling namens Kylie einmal verschluckte. Das scharfe Ende des Messers lag in ihrem Magen, das andere Ende mit dem Griff ragte ihr aus dem Maul – und sie überlebte es trotzdem.

40
Das Geschlecht eines Pferdes kann man an seinem Gebiss erkennen. Die meisten Hengste haben 40 Zähne, die Stuten 36.

42
Anzahl der Zähne eines Bären.

45
Das Ohr eines Elefanten wiegt 45 Kilogramm.

45

Anzahl der Minuten, die Biber die Luft anhalten können.

50

Länge der Zunge einer Giraffe in Zentimetern. Sie nutzt sie unter anderem, um sich die Ohren damit sauber zu machen.

50

Anzahl der Stunden, die eine Schlange für die Verdauung eines Frosches braucht.

50

So viele Gesichter seiner Artgenossen (und sogar einiger Menschen) kann sich ein Schaf merken.

62

So alt können Pferde werden. Old Billy, ein Treidelpferd, erreichte dieses biblische Alter. (Unter Treideln versteht man das Ziehen von Schiffen auf Wasserwegen durch Menschen oder Zugtiere.) Normalerweise erreichen Pferde ein Durchschnittsalter von 20 bis 25 Jahren.

67

So viele afrikanische Elefanten würden das Gewicht einer Boeing 747 in der Waage halten.

70

Prozentualer Anteil des Wassers in einem Elefanten.

72,5

Das schnellste 4-beinige Tier der Welt ist der Gepard. Innerhalb von nur 2 Sekunden beschleunigt er auf eine Geschwindigkeit von 72,5 Stundenkilometern. Einige Sekunden später kommt er dann bei seiner Spitzengeschwindigkeit von 110 Stundenkilometern an. Das ist einzigartig im Tierreich.

75

So viel Prozent des eigenen Gewichts kann eine Fledermaus in einer Nacht verspeisen.

75

So viele Meter Tunnel kann ein Maulwurf in einer einzigen Nacht graben.

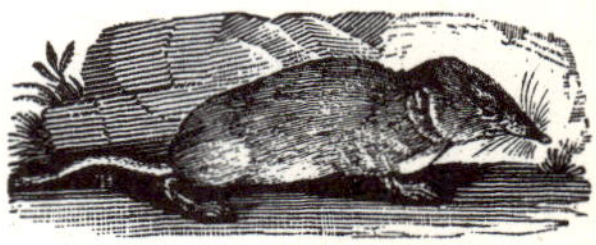

75,5

Die Geschwindigkeit in Stundenkilometern, die ein Kaninchen erreichen kann.

80

Prozentsatz der »Gespräche«, die Flusspferde unter Wasser führen.

80
Geschwindigkeit in Stundenkilometern, die ein Windhund aus dem Stand erreicht.

90
So viel Prozent der Jagd übernimmt im Vergleich zum Löwen die Löwin.

90
Ungefähres Geburtsgewicht einer Giraffe in Kilogramm.

91
So oft muss man beim Melken durchschnittlich an den Zitzen ziehen, um einen Liter Milch aus einem Kuheuter zu holen.

95
So viel Prozent der Labormäuse weltweit stammen von den Mäusen ab, die im Jackson-Laboratorium in Bar Harbor, Maine, geboren wurden.

98
So schnell kann die Gabelhornantilope laufen, in Stundenkilometern gerechnet.

98
So viel Prozent Chromosomen haben Schimpansen und Menschen gemeinsam.

99,9
Prozent aller Lebewesen auf der Erde, die schon vor dem Auftauchen des ersten Menschen ausgestorben waren.

100
Zahl der unterschiedlichen Laute, die

Katzen äußern können. Hunde verfügen nur über etwa 10.

100
So viele Babys kann eine Maus im Jahr werfen.

116,84
Der höchste je gemessene Sprung eines Kaninchens in Zentimetern.

146
Anzahl der vom Aussterben bedrohten Säugetiere in Indonesien – mehr als in jedem anderen Land, gefolgt von Indien, China und Brasilien.

150
Weltweit existieren mehr als 150 Pferderassen. Mit etwa 11 Millionen Pferden gibt es in China mehr als in jedem anderen Land der Erde.

160
Häufigkeit pro Minute, mit der Ameisenbären ihre Zunge vorstrecken können.

190
So oft schlägt das Herz pro Minute bei einem Igel. Während seines Winterschlafs sinkt die Rate auf 20 Schläge pro Minute.

200
Gewicht der Nahrung in Kilogramm, die ein afrikanischer Elefant pro Tag zu sich nehmen kann. Sein Speiseplan besteht aus Zweigen, Blättern, Gräsern und Früchten.

200
Zahl der Bäume, die ein Biber pro Jahr fällen kann.

205
Anzahl der Knochen eines Pferdes.

225
Anzahl der Knochen einer Maus.

258
Anzahl der genetisch bedingten Krankheiten, an denen eine Katze leiden kann.

300
Zahl der Herzschläge eines Siebenschläfers pro Minute im Normalzustand. Im Winterschlaf schlägt das Herz nur noch 3-mal pro Minute.

273
Anzahl der Igel, die an einem durchschnittlichen Tag auf britischen Straßen überfahren werden. Dies könnte erklären, warum die Zahl der Igel im letzten Jahrzehnt um etwa ein Drittel zurückgegangen ist.

300
So viele Menschen werden pro Jahr bei einer

halben Million von Tieren verursachten Autounfällen verletzt. 30.000 der Tiere, meistens Rehe, kommen dabei ums Leben.

400
So viel Liter Blut hat ein Elefant ungefähr in seinem Körper.

500
Menge des Methangases in Litern, das eine Kuh am Tag ausstößt.

500
Ein einzelnes Haar von einem Chinchilla ist so fein, dass erst 500 zusammen die Stärke eines menschlichen Haars erreichen würden.

500
Das Frettchen wurde über 500 Jahre vor der Katze domestiziert.

500
Geschätzte Zahl der Stacheln eines Igels.

600
Die Zahl der Insekten, die eine Fledermaus pro Stunde frisst.

600
Anzahl der Herzschläge einer Maus pro Minute.

1.000
Koko, ein 1971 im Zoo von San Francisco geborener Gorilla, beherrschte rund 1.000 Worte der Gebärdensprache.

1.000
Nicht mal mehr 1.000 Trampeltiere findet man heute noch in freier Wildbahn.

1.700
Nagetiere stellen mit 1.700 Arten die artenreichste Ordnung der Säugetiere. Fledermäuse stehen mit 950 Arten an zweiter Stelle.

2.080
Zahl der miteinander verbundenen Ausgänge, die man in einer einzigen Kaninchenkolonie, die von 407 Kaninchen bewohnt wurde, fand. Die geselligen Tiere leben in großen Gruppen in unterirdischen Bauen.

4.000
So viele Jahre ist es her, seit zum letzten Mal eine neue Tierart domestiziert wurde.

7.000
Wenn es 6 Monate alt ist, hat ein Ferkel sein Körpergewicht um das 7.000-Fache vermehrt.

10.000
Anzahl der Insekten, die eine Kröte im Laufe eines Sommers fressen kann.

15.000
In weniger als einem Jahr können 2 Ratten Stammeltern von 15.000 Ratten werden.

30.000
Geschätzte Anzahl der Ameisen, die der südamerikanische Große Ameisenbär pro Tag verspeist.

30.000
Geschätzte Anzahl der Stacheln eines durchschnittlichen Stachelschweins.

35.000
Geschätzte Anzahl streunender Hunde in Moskau.

40.000
Anzahl der Muskeln in einem Elefantenrüssel. Dort finden sich keine Knochen.

110.000
Häufigkeit, mit der man das Gift einer Korallenschlange abmelken müsste, um einen 1-Liter-Behälter zu füllen.

200.000
Anzahl der Gläser Milch, die eine Kuh in ihrem Leben füllt.

400.000
Zahl der in Finnland gezüchteten Füchse. Das Land ist der weltweit führende Hersteller von Fuchsfell.

5.000.000
Zeitspanne in Jahren, die der erste Dinosaurier, der Staurikosaurus, überlebte.

6.000.000
Anzahl der Katzen in Großbritannien. Die beliebtesten sind die Perserkatze, die Siamkatze und die Britisch Kurzhaar.

16.000.000
Zahl der Tiere, die während des Ersten Weltkrieges im Dienste der Streitkräfte waren.

34.000.000
Anzahl der Kängurus in Australien. Damit übersteigt die Zahl der Kängurus die Zahl der dort lebenden Menschen um mehr als das Doppelte.

150.000.000
Zahl der Jahre, in denen Dinosaurier auf der Erde gelebt haben – etwa 75-mal länger, als es Menschen gibt.

Wörter

0

Zahl die Wörter, die sich auf Orange reimen.

0

So oft kommt der Buchstabe »E« in dem Roman *Gadsby* vor. Als Ernest Vincent Wright ihn schrieb, band er den Buchstaben »E« an seiner Schreibmaschine fest, um ihn ja nicht zu benutzen. Ansonsten hat er nicht geschummelt. Der Roman ist ein Beispiel für ein Leipogramm, einen Text, in dem auf einen oder mehrere Buchstaben bewusst oder unbewusst verzichtet wird. Der Roman umfasst 50.000 Wörter – und in keinem einzigen wird das »E« verwendet. Leider starb Wright an dem Tag, an dem das Buch erschien. Er hatte es in 165 Tagen geschrieben, nur um zu beweisen, dass so etwas möglich ist. Der französische Autor Michel Thaler verfasste übrigens einen Roman von 233 Seiten, in dem kein einziges Verb vorkommt: *Le Train de Nulle Part*.

0

Zahl der Wörter in Samuel Johnsons *Wörterbuch der Englischen Sprache* aus dem Jahre 1755, die mit dem Buchstaben »X« anfangen.

0

Zahl der hawaiianischen Wörter, die mit einem Konsonanten enden.

0,1

Prozentualer Anteil der Wörter im deutschen Alphabet, die ohne Artikel auskommen, zum Beispiel »Aids«, »Allerheiligen« und »Donnerlittchen«.

1

Anzahl der Großbuchstaben des Alphabets, die nur einen Endpunkt haben: das »P«.

1

Zahl der britischen Städte, deren Namen nur aus Buchstaben der ersten Hälfte des Alphabets zusammengesetzt sind: Lichfield.

1

Zahl der Wörter der englischen Sprache, deren Bedeutung sich bei der Groß- oder Kleinschreibung so verändert, dass daraus ein anderes Wort wird: »polish« vs. »Polish« – »Reinigungsmittel« vs. »Polnisch«.

2

Anzahl der englischen Wörter mit 6 Buchstaben, die mit einem Vokal beginnen und enden, ohne dass weitere Vokale dazwischenstehen: »asthma« und »isthmi«.

2

Die Zahl der Buchstaben im kürzesten Satz der englischen Sprache: Go!

2

Anzahl der Länder, die 3 alphabetisch aufeinanderfolgende Buchstaben in ihrem Namen haben: A**fgh**anistan und **Tuv**alu.

2

Das chinesische Schriftzeichen für »Ärger« zeigt 2 Frauen, die unter einem Dach leben.

4

Die englische Sprache hat 4-mal so viele Wörter wie die französische.

5

Es gibt laut DUDEN 3 Stichwörter im Deutschen, in denen 5 Vokale direkt aufeinanderfolgen: »zw**eieii**g«, »Don**auaue**n« und »Tr**eueei**d«. Es handelt sich hierbei um Zusammensetzungen. Nicht zusammengesetzte Wörter mit 5 aufeinanderfolgenden Vokalen gibt es im Deutschen nicht.

5

Die 5 am häufigsten auftauchenden Wörter in deutschsprachigen Romanen: »Mann«, »Frau«, »Hand«, »Auge« und »Tag«.

8

Es gibt nur ein Wort im Deutschen, das nicht zusammengesetzt ist und 8 aufeinanderfolgende Konsonanten beinhaltet: »Bor**schtsch**« (eine russische Suppe).

8

Anzahl der Buchstaben in dem Wort »feedback« – dem kürzesten englischen Wort, in dem die Buchstaben »A«, »B«, »C«, »D«, »E« und »F« vorkommen.

9

Diese 9 Wörter machen ein Viertel aller auf Englisch verwendeten Wörter aus: »the«, »of«, »and«, »to«, »it«, »you«, »be«, »have«, »will«.

10,6

Ein durchschnittliches Stichwort im Duden besteht aus 10,6 Buchstaben.

12

Die Anzahl der Buchstaben im hawaiianischen Alphabet.

13

Prozentualer Anteil des Buchstabens »E« in jedem beliebigen Buch in englischer Sprache.

15

Anzahl der Buchstaben im Nachnamen des

Tennisspielers Goran Ivanešević – dem längsten Namen eines Prominenten, bei dem sich Vokale und Konsonanten abwechseln.

16

Das »E« kommt in der deutschen Sprache mit 16 Prozent am häufigsten vor. Danach folgen das »N« auf dem 2. Platz (10 Prozent) und das »I« auf dem 3. Platz (8 Prozent).

18

Die Zahl der Buchstaben des englischen Wortes »strengthlessnesses« (»Kraftlosigkeiten«) – dem längsten Wort der englischen Sprache mit nur einem sich wiederholenden Vokal.

25

Etwa 25 Prozent der deutschen Sprache sind Fremdwörter, wobei ein Großteil davon, vor allem diejenigen, die aus dem Lateinischen oder Griechischen abstammen, nicht als fremd empfunden werden.

32

So viele Buchstaben hat das polnische Alphabet inklusive der 3 verschiedenen Varianten des Buchstabens »Z«.

36

Die Buchstabenzahl des Wortes »Hippopotomonstrosesquippedaliophobie«. Es bezeichnet die Angst vor langen Wörtern.

36

Die Anzahl der Buchstaben des albanischen Alphabets. Es enthält übrigens kein »W«.

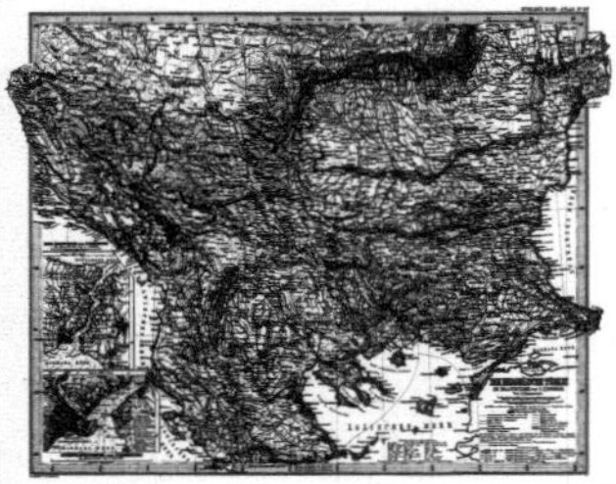

36

Das längste Stichwort im Duden hat 36 Buchstaben: »Kraftfahrzeug-Haftpflichtversicherung«, das nur um der besseren Lesbarkeit willen mit Bindestrich geschrieben wird. Darüber hinaus gibt es natürlich noch längere Wörter im Deutschen, die allerdings aus zusammengesetzten Substantiven bestehen und deswegen nicht als eigenständiges Suchwort gelten. Eines der längsten Worte ist hierbei die »Grundstücksverkehrsgenehmigungszuständigkeitsübertragungsverordnung« mit 67 Buchstaben.

40

Die Zahl der Buchstaben, die das Alphabet nach George Bernard Shaws Auffassung haben sollte. Er verfügte testamentarisch sogar einen Geldbetrag, der dafür verwendet werden sollte, seine Idee bekannt zu machen.

46

Prozentualer Anteil der Substantive im Deutschen, die vom weiblichen Artikel (»die«) begleitet werden.

50

Die 100 am häufigsten vorkommenden Wörter in der deutschen Sprache machen beinahe 50 Prozent des gesamten angewandten Wortschatzes aus, also die Hälfte aller Wörter, die überhaupt gesprochen oder geschrieben werden. Darunter fallen zum Beispiel »der«, »die«, »das«, »in«, »und«, »sein«, »zu«, »mit« und so weiter. Würde man diese 100 Wörter aus einem Text herauslassen, entfiele im Schnitt jedes zweite Wort.

72

Die Zahl der Buchstaben des kambodschanischen Alphabets.

400

Geschwindigkeit in Wörtern pro Minute, mit der US-amerikanische Tabak-Auktionatoren sprechen können.

812

Die Zahl der Wörter mit 3 Buchstaben in der englischen Sprache.

1.000

Die Zahl der Wörter, aus denen 90 Prozent aller englischen Texte bestehen.

1.700

Zahl der von Shakespeare neu erfundenen Worte.

1977

Seit 1977 wird in Deutschland das »Wort des Jahres« gesucht. Im ersten Jahr war das »Szene«. 1989 »Reisefreiheit«, im Jahr 2005 »Bundeskanzlerin«. Das »Unwort des Jahres« gibt es erst seit 1991.

5.700

Die Anzahl der Zeichen bei einer altmodischen chinesischen Schreibmaschine.

27.000

Anzahl der Wörter im *Vollständigen Orthographischen Wörterbuch der deutschen Sprache* von 1880, dem »Urduden«. Heute finden sich fast 140.000 Einträge im DUDEN, womit sich der Umfang beinahe verfünffacht hat.

95.940

Die Anzahl der Wörter im längsten Testament der Geschichte, das für die US-Amerikanerin Frederica Cook erstellt wurde. Als es 1925 im Somerset House in London beglaubigt wurde, umfasste es 4 Bände. Kaum zu glauben, dass sich die Erbschaft auf nur 25.000 Pfund, knapp 30.000 Euro, belief.

5.077.312

Gibt man diese Zahl auf einem Taschenrechner ein und stellt ihn auf den Kopf, steht dort das Wort »ZIELLOS«.

31.907.018

Gibt man diese Zahl auf einem Taschenrechner ein und dreht ihn um, kann man das Wort »BIOLOGIE« lesen.

7.355.353.537

Gibt man diese Zahl auf einem Taschenrechner ein und stellt ihn auf den Kopf, steht dort das Wort »LESESESSEL«.

Liebe & Ehe

0

Zahl der Ehen, die Chopin, Casanova, Gershwin, Sartre, Descartes, Kant, Nietzsche und Larkin eingegangen sind. In anderen Worten: Keiner von ihnen hat es auch nur zu einer einzigen Ehe gebracht.

1

Die Zahl der Tage, die Zsa Zsa Gabors und Felipe de Albas Ehe hielt.

1

Die Zahl der Tage, die die Ehe der ungarisch-britischen Schauspielerin Eva Bartok und dem englischen Filmintendanten William Wordsworth hielt. Eigentlich war es sogar weniger als ein Tag. Die Ehe endete gleich nach der Trauung.

1

Anzahl der Monate, die die Ehe von Burt Lancaster und June Ernst dauerte.

3
Die Anzahl der Monate, die Nicolas Cage und Lisa Marie Presley verheiratet waren.

4
So viele Monate hielt die Ehe von der britischen Schauspielerin Joanna Lumley und des Komödienautors Jeremy Lloyd.

4
Nur 4 Tage hielt die Ehe von der Sängerin Ethel Merman und dem Schauspieler Ernest Borgnine.

6
Die Zahl der Ehen von Sir Rex Harrison, dem Mann, der in *My Fair Lady* den Professor Higgins spielte.

6
So oft heiratete Stummfilm-Star Gloria Swanson.

7
Die Schauspielerin Lana Turner war 7-mal verheiratet.

7
Die Zahl der Frauen, die *Harlem Nights*-Star Richard Pryor heiratete – zweien von ihnen gab er sogar 2-mal das Jawort.

7

Stan Laurel heiratete insgesamt 7-mal, davon 3-mal dieselbe Frau.

8

Die Zahl der Ehen, die Elizabeth Taylor einging. 2-mal heiratete sie denselben Mann: Richard Burton.

8

Mickey Rooney war 8-mal verheiratet.

8

Anzahl der Ehen des US-amerikanischen Autors und Liedtexters des *Great American Songbook* Alan Jay Lerner.

9

So oft hatte Victor Hugo – der zuvor noch Jungfrau gewesen war – in seiner Hochzeitsnacht Sex.

9

Pancho Villa, einer der prominentesten Generäle der Mexikanischen Revolution, war 9-mal vermählt.

9

Die Zahl der Monate, die Marilyn Monroe dem Baseballspieler Joe DiMaggio angetraut war.

9
So viele Tage lang waren Cher und Gregg Allman verheiratet.

9
So oft war Zsa Zsa Gabor verheiratet.

11
Die Ehe von Paul Simon und »Prinzessin Leia« Carrie Fisher dauerte 11 Monate.

11
Helen Hunt und Schauspielkollege Hank Azaria hielten es 11 Monate als Eheleute miteinander aus.

17
Die Zahl der Jahre, um die Schriftsteller Raymond Chandler jünger als seine Frau Pearl Bowen war.

17
Vom Winde verweht-Star Clark Gable war 17 Jahre jünger als seine erste Frau, Josephine Dillon.

32
Anzahl der Jahre, die Schauspielerin Joan Collins (bekannt aus dem *Denver Clan*) älter ist als ihr Ehemann Percy Gibson.

55

Nach nur 55 Stunden wurde die Ehe von Britney Spears und ihrem Jugendfreund Jason Alexander für ungültig erklärt.

56

So oft heiratete das bürgerliche Paar Richard und Carol Roble einander – und brachte es auf diesem Wege zu Ruhm.

67

Die längste Verlobung der Welt dauerte 67 Jahre. Octavio Guillen und Adriana Martinez waren 15, als sie sich verlobten, und 82, als sie heirateten.

104

Die Anzahl der Frauen, die der Bigamist Giovanni Vigliotto zwischen 1949 und 1981 in 15 verschiedenen Ländern heiratete.

9.000

Die Zahl der Ehefrauen von König Mongut aus Siam. Er soll gesagt haben, dass er nur die ersten 700 von ihnen geliebt habe.

10.000

Die Zahl der Frauen, mit denen Georges Simenon, der Autor der Maigret-Romane, nach eigener Aussage im Bett war.

Bagatellen

1
Zahl der Erdbeermuseen weltweit. Das Museum befindet sich in Belgien.

1
Anzahl der Nahrungsmittel, die Astronauten nicht zubereiten müssen, ehe sie sie im Weltraum essen können: Pekannüsse.

1
Anzahl der Museen, die Penissen gewidmet sind. Das Museum steht auf Island.

1
Anzahl der »unbelebten« Tierkreiszeichen: die Waage.

2
Die Anzahl der Personen in der US-amerikanischen Hall-of-Fame des Baseballs, die nichts mit

Baseball zu tun hatten – das heißt, sie waren weder Spieler noch Trainer und besaßen auch kein Team: Abbott und Castello, ein Komikerpaar aus den 30er-Jahren, die mit ihrem Sketch *Who's on First?* (in etwa: *»Wer steht auf der ersten Base?«*) Berühmtheit erlangten.

3

Zu so vielen Jahren Gefängnis wurde ein gewisser Juan Bernaus in Argentinien verurteilt, weil er das Damen- und das Herren-Schild in einer öffentlichen Toilette vertauscht hatte.

3

So oft wurde die Firma Pepsi-Cola in ihren ersten Jahren für bankrott erklärt.

3

Die Zahl der Zähne, die Stalin bei seinem Tod noch übrig geblieben waren.

3

In einen Cowboyhut des Typs »Ten-Gallon-Hat« (das entspricht etwa 37,85 Litern) passen kaum 3 Liter Wasser.

4

Zahl der Sandwiches, die Charles Lindbergh auf seinen berühmten Transatlantikflug mitnahm.

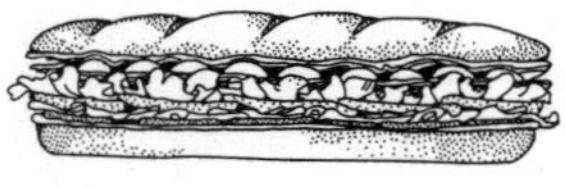

4

Alice Johnson, eine 23-jährige US-amerikanische Kellnerin, gewann 1994 in Santa Fe ein Auto, nachdem sie es 32 Stunden und 20 Minuten lang geküsst hatte. 4 ihrer Zähne waren danach locker.

4

1997 hinterließ der Kalifornier Robert Brett, der nicht in der Wohnung rauchen durfte, sein gesamtes Vermögen seiner Frau. Die einzige Bedingung war, dass sie für den Rest ihres Lebens 4 Zigarren am Tag rauchen müsse.

5

Zahl der Kinder von Ralph und Carolyn Cummins, die in den Jahren von 1952 bis 1966 geboren wurden – sie kamen alle am 20. Februar zur Welt.

5

Disneyworld ist größer als die 5 kleinsten Länder der Welt.

5

Die Anzahl der magischen Bohnen in *Jack and the Beanstalk*. (dt. *Hans und die Bohnenranke*).

5

So viele Jahre brauchte Marva Drew aus Iowa, USA, um alle Zahlen von 1 bis 1.000.000 zu tippen.

6

Die Zahl der Mitglieder des Orpington Conservative Clubs, die ins Krankenhaus mussten, nachdem sie von einer Feuerwerksrakete getroffen wurden, die bei einem Feuerwerk des Orpington Liberal Clubs abgefeuert wurde.

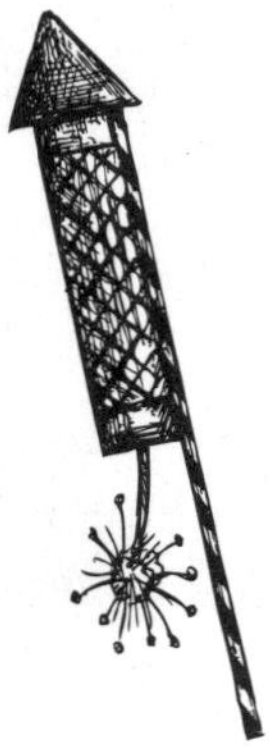

6

Die Zahl der Männer, die der Meisterfrisör Robert Hardie 1909 innerhalb einer Minute rasierte.

6

Die Anzahl der Monate, in denen 1962 in Tanganjika (gehört heute zu Tansania) eine ansteckende Lachepidemie grassierte. Es wurden sogar Schulen deshalb geschlossen.

6

Prozentsatz der im Umlauf befindlichen Beatles-Autogramme, die man für echt hält.

7

Zahl der Menschen, die sich in einem Holzfass die Niagarafälle hinunterstürzten und es überlebten.

8

1992 machte Frank Perkins aus Los Angeles den Versuch, einen neuen Weltrekord im Pfahlsitzen aufzustellen. 8 Stunden fehlten noch zum erhofften 400-Stunden-Rekord, als er wegen einer Grippeerkrankung abbrechen musste. Als wäre es damit nicht genug, fand er dann auch noch heraus, dass sein Sponsor inzwischen pleitegegangen war, seine Freundin ihn verlassen hatte und ihm Telefon und Strom abgestellt worden waren.

9

Zahl der Sechskant-Holzstifte, die man aus der gleichen Menge Holz herstellen könnte, die man für 8 runde Stifte benötigt.

9,17

Die größte Distanz in Metern, die eine tote Heuschrecke jemals aus dem Mund eines Menschen gespuckt wurde.

10

Schätzungsweise 10 Prozent aller europäischen Babys wurden in Ikea-Betten gezeugt.

10

Anzahl der Stunden, die Albert Einstein pro Nacht schlief.

11

Bei der Fußballweltmeisterschaft 1994 lief Bulgarien mit einem Team auf, dessen 11 Spieler alle einen Nachnamen trugen, der mit den Buchstaben »ov« endete.

11

Die Zahl der Spitzen, die Kermit der Frosch an der Krause um den Hals trägt.

11

Die niedrigste ganze Zahl, die in keinem Lied der Beatles vorkommt.

12

Die Länge in Zentimetern, um die eine Riesenseerose täglich wächst.

14,5

Im Jahr 1994 erschienen in US-amerikanischen Zeitungen ganzseitige Werbeanzeigen, in denen die Produzenten des Mars-Schokoriegels das größte Mars aller Zeiten ankündigten. Der Riegel bestand aus 14,5 Kilogramm Schokolade, Glukose und Milch, wurde aber nur einen einzigen Tag lang zum Verkauf angeboten – am 1. April.

18

Die Anzahl der Fahrräder, die der Franzose Michel Lotito verspeiste. Außerdem aß er 15 Einkaufswagen,

6 Kronleuchter, 2 Betten, ein Leichtflugzeug vom Typ Cessna 150 und ein Paar Skier.

19

In den 1820er-Jahren glaubten die Menschen, dass Fahrten in Eisenbahnzügen mit mehr als 19 Stundenkilometern psychische Erkrankungen verursachen könnten.

20

Der Prozentsatz der jüdischen oder jüdischstämmigen Nobelpreisträger.

22

Zahl der Kinder, die von den siamesischen Zwillingen Chang und Eng Bunker gezeugt wurden.

23

So viel Prozent aller Störungen bei Fotokopierern werden von Leuten verursacht, die ihren Hintern fotokopieren wollen.

30

So lang ist die weltgrößte Limousine in Metern. Sie hat einen Swimmingpool und kostet über 5.000 Dollar Leihgebühr pro Tag.

36

Die Nutzungsgebühr in Cent, die Richard Halliburton 1928 dafür bezahlte, durch den Panamakanal schwimmen zu dürfen.

37
Chirurgen, die mindestens 3 Stunden pro Woche Computerspiele spielen, machen bei einer Operation 37 Prozent weniger Fehler als Chirurgen, die es nicht tun.

44
Laut Schweizer Wissenschaftlern die Anzahl von verschiedenen Möglichkeiten, einen IKEA-Kleiderschrank ohne Bedienungsanleitung zusammenzubauen. Allerdings führen nur 8 dieser Möglichkeiten zu einem sicheren und korrekten Ergebnis.

50
Prozentsatz der Weltbevölkerung, der mindestens einen der James-Bond-Filme gesehen hat.

50
Prozentualer Anteil der neu gekauften Damenwäsche, die wieder umgetauscht wird.

53
So viele Stunden lag Marge Simpson mit Bart in den Wehen.

62
Prozentualer Anteil des Spams an allen E-Mails.

65
Der Prozentsatz aller Elvis-Imitatoren asiatischer Abstammung.

78
Die Rekordzahl der Küsse, die Adrian Chiles in einer Minute erhielt – Luftküsse zählten nicht.

80
Der geschätzte Prozentsatz der Zeitkapseln, die verloren gehen werden, bevor der Zeitpunkt ihrer Öffnung erreicht ist.

85
Während seiner Zeit in Alcatraz war Al Capone »Gefangener Nummer 85«.

97
Prozentsatz der Kanadier, die angaben, sich keine Zahnbürste zu leihen, sollten sie vergessen haben, ihre eigene einzupacken.

107
Die Zahl der Sekunden, die ein Team von 3 Personen brauchte, um 300 Bierflaschen zu öffnen.

112
Die Länge eines Kleiderbügels aus Draht in Zentimetern, wenn man ihn gerade biegt.

150
Zahl der Kalorien, die man pro Stunde verbrennen würde, wenn man seinen Kopf gegen eine Wand schlüge.

174
Anzahl der Katzen, die von dem Polen Charles Domery in einem Jahr gegessen wurden.

225

Die Zahl der Schreibweisen für die holländische Stadt Leeuwarden.

254

Zahl der abgelaufenen American-Express-Karten, die für die Herstellung des American-Express-Gold-Card-Kleides gebraucht wurden, das Designerin Lizzy Gardiner 1995 bei der 67. Oscar-Verleihung trug.

600

Dem Marquis de Sade zufolge gibt es 600 verschiedene Sexualpraktiken.

603

So viele Jahre vor der Erfindung der Coca-Cola Light (engl. »Diet Coke«) kam im englischen West Riding, Yorkshire, ein Mädchen zur Welt, dem man den Namen Diot Coke gab. Coke war eine Ableitung von »Cook«, »Diot« die Kurzform von »Dionisia«.

950

So oft musste eine 68-jährige Südkoreanerin die schriftliche Führerscheinprüfung machen, bis sie sie im November 2009 endlich bestand.

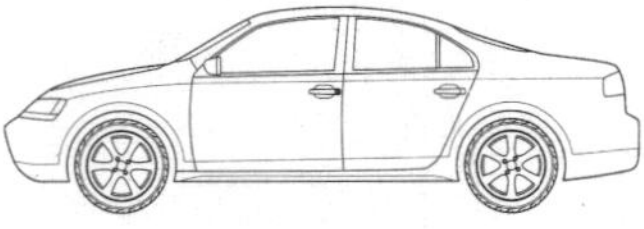

1313

In englischsprachigen Donald-Duck-Geschichten lebt der Held in 1313 Webfoot Walk, Duckburg, Calisota.

2.354
Zwei der baskisch-separatistischen ETA-Aktivisten, die 1987 an dem Bombenanschlag auf die Zaragoza-Kaserne beteiligt waren, wurden zu einer Gefängnisstrafe von jeweils 2.354 Jahren verurteilt.

5.000
Zahl der Krokodilhäute, die Australien jährlich von seinen Krokodilfarmen exportiert.

7.431
Die Pin-Nummer von Homer Simpson.

11.967
Die Rekordzahl der Menschen, die jemals an einem Line Dance teilgenommen haben. Stattgefunden hat er in Singapur.

31.400
Der Argentinier Juan Potomachi vermachte dem Theater seiner Heimatstadt diesen Betrag, in Euro umgerechnet, unter der Auflage, dass man seinen Schädel benutzte, wenn man *Hamlet* aufführte.

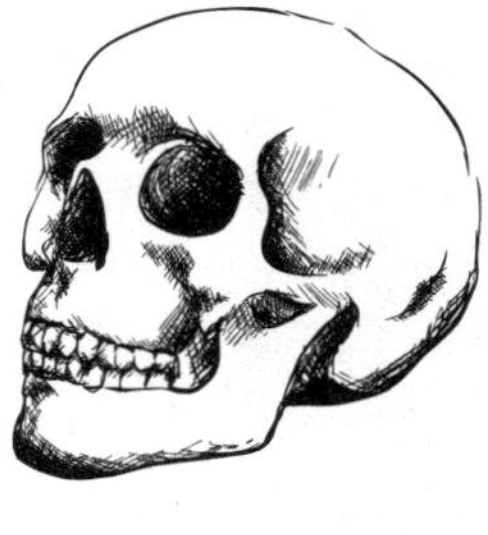

40.000
Anzahl der Statuen der Johanna von Orleans in Frankreich.

41.000

Der Sänger Harry Richman bestand darauf, 41.000 Tischtennisbälle mit an Bord eines Flugzeuges zu nehmen, weil er Angst davor hatte, dass es ins Meer stürzen könnte. Die Tischtennisbälle sollten das Flugzeug vor dem Untergehen bewahren.

60.000

Im Jahr 2007 ließ sich der irakischstämmige Künstler Wafaa Bilal in Chicago im Rahmen einer einmonatigen Kunst-Performance mit 60.000 Paintballs beschießen. Das passierte per Fernsteuerung von Menschen, die dafür eine Taste auf einem Computer drücken mussten.

100.000

Um bei einer Wette 100.000 Dollar zu gewinnen, ließ sich der Profizocker Brian Zembic Brustimplantate der Größe 85C einpflanzen, die er für mindestens ein Jahr tragen sollte. Sie gefielen ihm aber so gut, dass er sie behielt.

137.596

Sam Spades Zulassungsnummer als Privatdetektiv in *Die Spur des Falken.*

181.000

Der Zahnarzt Philip Grundy hinterließ seiner Arzthelferin 181.000 Pfund (etwa 225.000 Euro) unter der Bedingung, dass sie 5 Jahre lang weder Make-up noch Schmuck tragen und mit keinem Mann ausgehen würde.

250.000
So viele Zigarren hat Sir Winston Churchill in seinem Leben schätzungsweise geraucht.

800.000
Die Zahl der Fanbriefe, die Mickey Mouse im Jahre 1933 erhielt.

1.500.000
Die Zahl der Menschen, die sich auf der Webseite des Cheddarkäses *Wedginald* einloggten, um ihm bei der Reifung zuzusehen.

3.085.209.600.000
So viele Rollen Tapete bräuchte man, um die Wüste Sahara abzudecken.

Danksagung

Ich möchte mich bei meiner Lektorin Louise Dixon und ihrem talentierten Team bedanken, besonders bei ihrem Assistenten George Maudsley und der Grafikerin Ana Bjezancevic.

Mein Dank für ihre Hilfe, ihre Beiträge beziehungsweise ihre Unterstützung gilt außerdem den folgenden Menschen: Gilly Adams, Jonathan Fingerhut, Jenny Garrison, Philip Garrison, Bryn Musson, Nicholas Ridge, Charlie Symons, Jack Symons, Louise Symons, David Thomas, Martin Townsend, Clair Woodward und Rob Woolley.